MORTELS HORIZONS

DU MEME AUTEUR :

Dans la collection « Anticipation » :

Les enfants du chaos.
Le sang du soleil.
J'écoute l'univers (traduit en portugais).
Métro pour l'inconnu (traduit en italien et en espagnol).
Les foudroyants.
Moi, un robot (traduit en italien, espagnol et portugais).
Le carnaval du cosmos (traduit en portugais).
Océan, mon esclave (traduit en italien et en portugais).
Message des Vibrants (traduit en portugais).
Les damnés de Cassiopée.
Lumière qui tremble.
Les fils de l'espace.
L'anti-monde (traduit en espagnol).
Dans le vent du cosmos.
Les créatures d'Hypnôs.
Le crépuscule des humains (traduit en espagnol).
Le sang vert (traduit en espagnol).
Les sortilèges d'Altaïr.
L'étoile de Satan.
Echec au soleil (traduit en espagnol).
Particule zéro (traduit en espagnol).
Ici finit le monde (traduit en espagnol).
Les soleils noirs.
Fréquence ZZ.
Le flambeau du monde (traduit en espagnol).
Methoodias (traduit en espagnol).
Planétoïde 13.
Rien qu'une étoile...
La Terre n'est pas ronde (traduit en espagnol).
Le soleil de glace (traduit en espagnol).
Le dieu couleur de nuit (traduit en espagnol).
Les oiseaux de Véga (traduit en espagnol).
Les portes de l'aurore (traduit en espagnol).
La nuit des géants.
La planète de feu.
Les sirènes de Faô.
Le septième nuage.
Ici, l'infini.

Métalikus.
Le treizième signe du Zodiaque.
Flammes sur Titan (traduit en portugais).
Tempête sur Goxxi.
Le voleur de rêves.
Plus loin qu'Orion.
Les cosmatelots de Lupus.
Et la comète passa.
Un astronef nommé Péril.
Un de la Galaxie.
Moissons du futur.
La planète aux chimères.
Quand le ciel s'embrase.
Les pêcheurs d'étoiles.
L'empereur de métal.
Robinson du Néant.
S.O.S. Ici nulle part !
L'étoile du silence.
La jungle de fer.
Vertige cosmique.
L'iceberg rouge.
L'espace d'un éclair.
Les Sub-Terrestres.
Où finissent les étoiles ?
Maelström de Kjor.
Il est minuit à l'univers.
La lumière d'ombre.
Astres enchaînés.
Les Increés.
Miroirs d'univers.
Cap sur la Terre.
Les diablesses de Qiwân.
La tour des nuages.

Dans la collection « Angoisse » :

Crucifie le hibou.
Batelier de la nuit (traduit en espagnol).
Le marchand de cauchemars.
Créature des Ténèbres.
Chantespectre.
L'ombre du vampire (traduit en allemand).
Mandragore (traduit en italien).

Lucifera.
Le miroir.
La prison de chair.
Le manchot (traduit en allemand et en flamand).
Le moulin des damnés.
La mygale (traduit en allemand).
Moi, vampire (traduit en espagnol, allemand, flamand et néerlandais).
Les jardins de la nuit (traduit en néerlandais).
La Maléficio (traduit en néerlandais).
Ici, le bourreau.
L'aquarium de sang (traduit en allemand).
En lettres de feu.
Amazone de la mort (traduit en allemand).
Méphista.
Méphista contre Méphista.
Méphista et le clown écarlate.
Méphista et la lanterne des morts.
Méphista et la croix sanglante.
Danse macabre pour Méphista.
Méphista et la mort caressante (traduit en allemand).
Méphista et le chasseur maudit.
Méphista et le guignol noir.
Méphista belle à faire peur.
Méphista contre l'homme de feu.
Ton sang, Méphista !
Méphista et le chien Hurlamor.

Dans la collection « Grands Romans » :

Par le fer et la magie (traduit en tchèque).
Le carnaval de Satan (traduit en néerlandais).

MAURICE LIMAT

MORTELS HORIZONS

ROMAN

COLLECTION « ANTICIPATION »

EDITIONS FLEUVE NOIR
69, boulevard Saint-Marcel - PARIS-XIIIe

ISBN 2-265-00509-6

PREMIERE PARTIE

LE TOTEM VIVANT

CHAPITRE PREMIER

L'homme était seul. Et tout était silence.

Un monde de roches et de glace. La dernière planète d'un système, aux confins de l'irradiation stellaire, dans la constellation du Verseau.

Atmosphère raréfiée mais cependant philohumaine. Il n'en était pas moins vrai qu'un séjour sur Haaki VII épuisait rapidement les organismes les plus robustes et que ce désert hostile, où la végétation était pratiquement inexistante, ne recevait que de rares équipes de volontaires.

Et maintenant, tous ceux des planètes habitées (il en existait quatre à travers le système) avaient abandonné Haaki VII.

Sauf lui.

Lui, gardien du dernier phare de ce petit univers avant les gouffres vertigineux qui séparent les mondes.

Lui qui avait accepté cette mission terrifiante : être là, accepter de demeurer la vigie chargée de signaler l'apparition éventuelle de l'ennemi.

Et quel ennemi ! On en ignorait l'origine. Il s'agissait d'un titanesque phénomène cosmique, d'une aberration géante de la nature.

Déjà, à plusieurs reprises, des planètes, voire des soleils, avaient été attaqués et investis. Des cataclysmes en avaient résulté, à travers le Cosmos et, de monde civilisé en monde civilisé, les Humains, si divers de races, de cultures, de connaissances et de techniques, se sentaient solidaires devant l'effroyable entité qui apparaissait, venant de quelque galaxie ignorée, de quelque nébuleuse encore jamais soupçonnée.

Cela naissait-il d'un pulsar, d'un quasar, d'un de ces « objets bleus » sur lesquels les savants de tout les mondes continuaient à se poser des questions ? On ne savait.

Mais les effets effrayants du phénomène commençaient à être observés. Cela apparaissait presque subitement, sans que rien, aucun sidéroradar, aucun des plus subtils instruments de détection puisse en faire pressentir la venue.

La rumeur publique, on ne savait sur quelle planète, lui avait donné le nom de fièvre cosmique. En fait, scientifiquement, c'était bien cela, ou à peu près. Des globes géants, d'une contexture absolument inconnue, paraissaient jaillir du grande vide. On les avait assimilés à d'immenses microbes (ce qui était une hérésie au moins sur le plan de l'étymologie). Les puristes avaient eu beau protester, assurer qu'en la circonstance le terme macrobe était infiniment plus correct, on continuait à les appeler les microbes.

Mais quels microbes puisqu'ils s'abattaient sur une planète comme la bactérie s'en prend aux hématies.

Les effets étaient épouvantables. L'invasion provoquait immanquablement des perturbations atmosphériques, des bouleversements climatiques aux conséquences néfastes. Les végétaux pâtissaient terriblement de cet état de fait mais c'était surtout la vie animale et humaine qui était atteinte. Et des descriptions, diverses, peut-être parfois fantaisistes mais certainement à bases réelles, contribuaient à répandre la terreur d'une galaxie à l'autre.

Il y avait eu quatre ou cinq cas signalés. Si bien qu'un peu partout, les Humains étaient en état d'alerte, encore que bien des individus continuassent à penser qu'en vertu de l'immensité cosmique, cette fièvre, que certains estimaient encore du domaine de l'imagination, avait peu de chance de tomber précisément sur le monde qu'ils habitaient.

Ce qui était vrai dans une certaine mesure en raison de l'universel adage : ça n'arrive qu'aux autres !

Un homme, originaire de la planète Terre, réputé pour ses connaissances spatiales étendues, s'était trouvé à Haaki III, planète majeure des satellites du soleil Haaki du Verseau.

Les Haakiens, à tort ou à raison, redoutaient particulièrement le fléau. Si bien qu'ils lui avaient offert une fortune pour diriger les opérations de détection, pour établir une chaîne de surveillance aux confins du système.

Ainsi, non seulement les planètes habitées, mais encore les planétoïdes qui complétaient le monde de Haaki avaient vu construire des camps d'observation, des phares ultra-perfectionnés chargés de surveiller l'immensité, de détecter à temps une éventuelle invasion des « microbes ».

Haaki VII était le dernier astre en orbite autour du soleil tutélaire. Roc perdu, il roulait, désolé et solitaire, comme une sentinelle avancée.

C'était la dernière balise de la chaîne. Bien des esprits futés susurraient que cela ne servait pas à grand-chose puisque, jusqu'à nouvel avis, nul n'avait encore réussi à trouver une parade convenable au grand péril.

Les équipes installées sur les planétoïdes connaissaient toutes des difficultés, la vie y étant généralement insupportable. Haaki VII, suprême phare, semblait encore plus déshérité que les autres. Si bien que ceux qui y attendaient l'hypothétique menace finissaient par succomber à la dépression. On renouvelait fréquemment les effectifs et le Terrien si hautement estimé se vit demander d'aller y passer un petit moment pour étudier plus particulièrement la situation.

Ce fut justement alors qu'une psychose s'était emparée de la majorité des présents. Il arriva trop tard pour tenter d'endiguer ce qui tournait à la mutinerie. Le commandant de poste avait été assassiné par les siens et l'homme de la Terre eut la douleur de voir fuir, sur un mini-astronef, la horde des révoltés. Il devait savoir, un peu plus tard, qu'ils avaient tous péri en percutant un météore.

Il resta seul. Etablissant immédiatement un contact avec les autorités de Haaki-Central. On lui proposa de revenir sans délai, puisqu'il disposait d'un cosmocanot susceptible de le ramener au moins jusqu'à Haaki IV, la plus proche planète.

Il refusa.

Il refusa également de recevoir de nouveaux compagnons. Il estimait la position parfaitement infernale et, en bon psychologue, assurait qu'on irait vers de nouvelles révoltes, de nouvelles catastrophes.

Puisqu'on l'avait engagé pour la surveillance, il préférait rester jusqu'à expiration de son contrat, ou tout au moins tant que les Haakiens n'auraient pas trouvé le ou les hommes susceptibles de prendre sa relève.

Etait-ce un sacrifice de sa part ? Une sorte de suicide ? Ou bien simplement le souci de démontrer le puissant respect des Terriens pour la parole donnée, on ne savait. Mais on s'inclina devant sa volonté, tout en procédant à des recherches, à des tests, afin de trouver d'autres hommes de sa trempe. Une sélection fut ainsi faite, à laquelle on donna une formation accélérée.

Il pensait à tout cela, bien engoncé dans un costume spécial, fourré et subtilement climatisé, qui lui permettait une certaine liberté de manœuvre tout en se déplaçant sur le sol glacé, parmi les rochers immenses, peu érodés en raison de la quasi-inexistance de pluie, mais tous recouverts de chapes de glace.

Le paysage s'étendait, sinistre. L'atmosphère ténue voilait insuffisamment l'horizon. Un horizon noir qui paraissait donner directement sur l'espace, sur l'infini du grand vide. Le soleil Haaki n'apparaissait que comme une grosse étoile maladive, et sa clarté jaunâtre se perdait dans le gris-vert dominant des pierres et des banquises qui recouvraient la plus grande partie de la surface du planétoïde.

Il avançait. Il avait encore neigé et le solitaire réfléchissait à de multiples problèmes. Et non seulement à celui de la fièvre cosmique.

Il avait quitté le phare, le refuge parfaitement équipé, réputé imprenable par d'éventuels pirates spatiaux, où il pouvait vivre agréablement, tout y ayant été prévu pour rendre le stage possible : sidérotélé, cinéma-bibliothèque, discothèque. Une petite piscine en sous-sol, avec soleil artificiel, sertie d'un bouquet d'arbres entretenus par climatisation spéciale.

Mais malgré cela, les Haakiens n'avaient pas tenu et l'effroyable désolation de ce monde avait eu raison de leur équilibre psychique.

L'homme marchait dans la neige. Il était frappé par un tel silence, tel qu'il n'en avait que rarement remarqué, lui qui avait bourlingué d'univers en univers.

Bien que solidement revêtu, il gardait le visage découvert dans son casque, afin de respirer un air naturel, meilleur que l'oxygénation factice de son équipement.

La buée de sa bouche formait un fantôme de neige et il sentait des petits glaçons se former à ses cils, à ses sourcils, à ses cheveux. L'air était coupant, dur, mais c'était de l'air et le Terrien, accoutumé aux plus rudes climats, aimait passionnément la nature.

Soudain, il s'arrêta, demeura immobile.

Un spectacle ahurissant lui apparaissait, sur ce monde désolé, inhabité, duquel les derniers Haakiens avaient fui en débandade panique.

Devant lui, un immense champ de neige, une large vallée entre deux rangées de pitons festonnés de glace. L'étendue classique, d'un blanc qui fait mal à force d'être pur.

Et sur ce champ de neige, le Terrien découvrait une piste.

Quelqu'un avait marché là, et il avait l'assurance qu'il y avait de cela peu de temps, très peu de temps.

Le Terrien n'était pas un lâche, sa présence sur le planétoïde plaidait suffisamment en sa faveur. Mais il n'en était pas moins vrai qu'il subissait, comme quiconque l'eût subi à sa place, le traumatisme mental consécutif à une telle découverte.

Parce que, c'était indéniable, nul Haakien n'avait voulu demeurer sur ce roc isolé. Et bien entendu on n'y avait jamais vu aucun extraplanétaire, quel qu'il soit.

Le guetteur fit quelques pas et se pencha sur les traces. Il resta un bon moment à les examiner. Il était de plus en plus perplexe.

En effet, elles lui semblaient relativement humaines. Un bipède était passé par là récemment. Et des bipèdes, hors la race humaine, hors l'oiseau, il n'en connaissait pas tellement à travers les galaxies.

Et ce bipède avait cette particularité supplémentaire de présenter une anomalie caractérisée. Etait-il atteint de claudication ? Ou bien possédait-il deux pieds différents ? Toujours est-il que le Terrien pouvait constater la présence binaire d'empreintes inégales.

Un pied humain, ou presque. Et un autre, évoquant quelque atrophie, quelque monstruosité qu'il ne pouvait déterminer.

— Un infirme ?... Quel drôle de boiteux est passé par ici ?

Il se redressa, soupira.

Devant lui, la piste blanche, qui lui faisait mal aux yeux quand il la contemplait ainsi pendant quelques instants. Une piste blanche qui se perdait au loin, en une coupure nette avec le ciel noir, ce qui formait cet horizon de mort qui n'était pas la moindre raison du déséquilibre psychique des pionniers de Haaki VII.

La solution était évidemment de suivre la piste, de rechercher celui qui avait laissé d'aussi curieuses traces.

Mais l'homme se sentait plus seul que jamais. Paradoxalement, celui lui arrivait alors qu'il découvrait, sur ce monde où il pouvait se croire unique, une présence.

De quelle présence s'agissait-il, c'était toute la question.

Il n'était pas de ceux qui jouent les autruches et se refusent à voir le danger en face. Il savait qu'un ennemi sans visage est souvent inquiétant, mais qu'il perd au moins la moitié de son avantage lorsqu'on lui a arraché le masque.

Il leva les yeux, tourna un peu sur place, appela :

— Râx !...

Il attendit quelques secondes, rétira son appel puis, ne voyant rien apparaître, siffla doucement.

Un son filé, léger, qui sonna étonnamment dans ce gouffre silencieux.

Alors, dans le ciel pur et sombre à la fois, quelque chose se manifesta.

Le Terrien regardait en souriant ce qui arrivait. Pas un Humain, mais une bête, le seul compagnon qu'il ait emmené avec lui pour cette veille terrifiante face à l'horizon ténébreux de l'espace.

De grandes ailes membranées battaient l'air, supportant le corps fauve d'une sorte de grand chien, ou de lièvre démesuré. L'animal tourna un instant au-dessus de son maître et vint s'abattre à ses pieds, ronronnant curieusement, et levant vers lui de beaux yeux d'or qui illuminaient une tête de dogue aux oreilles pointues comme celles d'un petit diable.

Le Terrien se pencha, caressa la tête puissante et murmura :

— Viens... Nous avons du travail... Cherche, mon bon Râx ! Cherche !

Le monstre ailé émit lui aussi un drôle de petit sifflement et tout de suite avança sur la piste en reniflant. Il progressait à la fois sur ses pattes postérieures, celles d'un mammifère normal, et ses ailes repliées, ce qui lui donnait un aspect qui eût été cocasse sans son apparence terrifiante.

Mais l'homme et le pstôr n'allèrent pas loin.

Un vacarme fantastique déchira soudain l'extraordinaire silence ambiant.

Ensemble, ils tressaillirent. Ensemble, ils cherchèrent dans le ciel ce qui provoquait ce bruit, d'ailleurs caractéristique.

— Un astronef !... Ici ?...

Cela fit comme une flamme, indiquant que le vaisseau spatial, ou peut-être le bolide, pénétrait dans l'atmosphère d'Haaki VII.

Ils virent la chose filer, piquer vers le sol. Il y eut un choc sourd, qui ébranla toute la vallée, provoquant des écroulements de glace, des éclats de pierre, des avalanches de neige.

C'était un navire de l'espace, le Terrien ne pouvait en douter, dont l'impact violent venait de perturber sévèrement le silence majestueux et sinistre à la fois du planétoïde perdu.

— Vite, Râx ! Vite !...

Le point de chute se situait assez loin, sans doute derrière la chaîne de collines rocheuses enchâssées de glace qui bordait la vallée sur la droite du veilleur.

Le pstôr prit son vol, montrant une grâce extrême, contrastant avec l'aspect lourd et gauche qui était le sien au sol.

Il vint s'immobiliser au-dessus de son maître, se maintenant par un battement régulier des ailes. Il le prit par les épaules entre ses griffes qui, très longues et recourbées, constituaient à la fois un instrument délicat et une arme redoutable, selon les cas.

Alors, avec cette force surprenante dont il était doué, Râx enleva littéralement l'homme, partit avec lui dans le ciel glacé.

Ils montèrent très haut, filèrent vers le point approximatif où l'astronef avait dû toucher le sol de la petite planète.

En cet équipage, l'homme chargé de veiller sur la sécurité du système Haaki se retrouva dans une sorte de vaste cirque, après avoir survolés les pics aigus.

Le pstôr, lentement, descendit, le déposa au sol, dans la neige, et vint s'abattre près de lui.

Le Terrien regardait.

Il en avait presque oublié la piste énigmatique. Un autre mystère lui apparaissait, fascinant, face à l'horizon mortel du dernier astre avant le grande vide.

CHAPITRE II

Etait-ce un astronef qui venait de percuter le sol du planétoïde ? Ou plus exactement la figuration pétrographique d'un astronef ?

Ce que le surveillant de l'espace découvrait, dans un amoncellement de rocs éclatés et de neige bouleversée, c'était pratiquement un immense monument, plus qu'une statue, un fantastique bloc de pierre qui eût été taillé par un artiste génial.

Cette représentation d'un vaisseau de l'espace s'était d'ailleurs brisée dans la chute. Si bien qu'on voyait deux énormes fragments d'astronef, la cassure à peu près centrale s'étant inéluctablement produite lors de l'impact.

Le spectacle était à la fois désolant et grandiose. Le Terrien demeura un instant interdit, le cœur atrocement serré devant une telle vision.

Puis il se reprit. L'humanité parlait en lui. Comme dans toute catastrophe, on ne saurait éliminer l'éventualité de survivants.

Suivi du monstre ailé qui ne le quittait pas d'une semelle, progressant maintenant avec son dandinement particulier, l'homme s'engagea dans la gigantesque épave. Toujours soigneusement équipé, il possédait une petite lampe à pile atomique miniature, à la durée illimitée. Ce qui lui permit un examen minutieux du navire sinistré.

Tout d'abord, il avait palpé, d'une main quelque peu tremblante, la carcasse du grand vaisseau. Du métal ? Ce qui aurait dû être du métal offrait, aussi bien au toucher qu'à la vue, l'aspect indéniable du minéral brut.

Un astronef de pierre !

Il évoqua rapidement les récits, jugés aléatoires, relatant les effets des microbes monstrueux désolant la galaxie. Ce vaisseau en avait-il été victime ? Cela ne lui parut pas impossible. On avait parlé à plusieurs reprises de minéralisation foudroyante des êtres et des choses, au contact de ces bactéries cosmiques.

Il se risqua à l'intérieur du cockpit ouvert en deux et s'engagea dans les couloirs, plus ou moins éventrés, fracassés, le choc final ayant dû être terrible.

Le halo dansant de la petite lampe lui montra tout d'abord un ensemble qui paraissait totalement sculpté dans la pierre. Il eût pu croire qu'un artiste fantastique s'était complu à ciseler tout cela. De la carène en elle-même jusqu'au plus petit objet usuel, en passant par la machinerie, le système de chauffage, d'éclairage, de ventilation ou d'hydromécanique, tout était taillé dans le minéral.

C'était terriblement impressionnant. Le silence formidable du planétoïde avait repris ses droits et l'homme progressait, suivi de la bête qui n'était perceptible que par sa respiration, sa marche claudicante demeurant plus que discrète.

Bientôt, après l'émotion première, l'impression de stupéfaction, de curiosité naturelle consécutive à une telle découverte, il fut franchement bouleversé.

Parce que, maintenant il rencontrait l'équipage. Ou ce qui avait été l'équipage de ce vaisseau spatial dont la fin avait été différente de tout ce qu'il pouvait connaître des drames de l'espace.

Des hommes : des cosmonautes !

Des cosmonautes statufiés. Ou plus exactement, il en avait la certitude, stratifiés.

De tels phénomènes avaient déjà été observés à travers le Cosmos. Mais cela s'était toujours produit à l'échelon planétaire.

Sur son monde patrie, la Terre, deux phénomènes au moins étaient susceptibles de provoquer des effets voisins, quoiqu'en un temps très étendu. Il y avait tout d'abord la fossilisation, connue depuis longtemps, et qui pétrifiait les sujets au cours des millénaires, au sein de la planète. Ensuite, l'action souvent étudiée des eaux ferrugineuses ou calcaires, déposant lentement une couche susceptible de durcification qui finissait par donner aux objets un aspect analogue.

Mais c'était la première fois qu'il constatait semblable résultat après une randonnée spatiale. Si bien que se souvenant des témoignages jusque-là douteux concernant les terrifiants macro-microbes, le Terrien estima qu'il se trouvait bien en présence de leurs victimes.

Les cosmatelots avaient été saisis dans diverses attitudes. Les uns certainement à leurs postes de navigation. Il y avait même un pilote surpris et figé en se penchant sur son tableau de bord, un cuisinier effondré sur ses fourneaux.

Mais l'effroyable affection avait dû se manifester différemment pour d'autres membres de l'équipage. Les attitudes tétaniques de certains attestaient la lutte, l'agonie plus ou moins longue en d'atroces souffrances. Il constata, avec un frisson d'épouvante, que d'aucuns, ainsi stratifiés, s'étaient brisés dans la catastrophe finale, si bien qu'il ne retrouvait que des fragments, des débris de statues cassées, fragments qui étaient en réalité des portions de corps humains amenés à cet état horrifique de chair pétrifiée.

Il marchait, silencieux, trébuchant dans les décombres de ce qui avait été un vaisseau flambant de métal, emmenant des équipes humaines pleines de vie. Maintenant, ce n'étaient que des spectres immobiles, perdus à jamais dans leur gangue de pierre, semblables en cela à leur navire, qui venaient d'échouer sur ce petit astre perdu loin d'un soleil.

La clarté de la lampe éveillait des ombres qui seules bougeaient dans l'immobilité ambiante, créant des spectres effarants, tristes reflets de ceux qui, peut-être peu de temps auparavant, devisaient encore gaiement en évoquant le retour vers les planètes natales, vers les mondes et vers la vie.

L'homme était accablé de chagrin. Cela était comme un musée de pierre, la représentation hautaine et consternante à la fois d'un vaisseau de l'espace qui pouvait être ainsi réduit depuis des siècles et des siècles.

Cette pensée le fit tressaillir.

Qu'est-ce qui prouvait après tout que le drame s'était joué récemment ? Il était du domaine du possible que ce navire fût ainsi stratifié avec ses cosmatelots depuis un temps immémorial.

L'homme demeurait maintenant immobile. Il avait fait à peu près le tour du navire, du moins de ce qui en restait, une partie devenue pierre ayant éclaté dans la catastrophe.

Il était entouré de plusieurs hommes de roc, glacés à jamais, et qui peut-être désapprouvaient son incursion, la jugeant mystérieusement insolite et sacrilège.

Un cimetière... une crypte... Oui, c'était quelque chose comme cela. Et il était en train de violer le repos de ceux qui avaient été des vivants.

Instinctivement, il tendit la main pour caresser le pstôr. Il avait besoin de la rassurante présence animale, de cette chaleur de chair et de sang enchâssant une petite âme sans esprit retors, toute de fidélité et de dévouement.

Il s'étonna de constater que l'animal ne rendait pas la caresse. Tout à coup, Râx avait dressé les oreilles, tendu le museau. Oscillant sur ses pattes différenciées il s'engageait dans un compartiment de l'astronef où le chercheur n'avait pas encore pénétré.

L'homme le suivit. C'était une cabine qui avait été équipée électriquement, c'était visible encore que tous les instruments et jusqu'aux fils eussent été pétrifiés comme le reste.

Mais là, il y avait aussi deux de ces statues qui impressionnaient tellement le veilleur de l'espace. Deux de ces êtres surpris par l'inconcevable phénomène.

Un homme et, pour la première fois depuis qu'il s'était enfoncé dans les profondeurs de l'espace, il découvrait une femme. Ou ce qui avait été une femme.

Tout ce qui était apparent des corps, visages et mains, était de pierre, comme les vêtements caractéristiques des équipages spatiaux et les instruments constituant l'indispensable équipement de ceux qui se lancent dans le grand vide.

Un instant, il demeura interdit devant cette nouvelle découverte.

Autant la femme paraissait avoir été très belle, autant l'homme était petit et contrefait. Visiblement on lui avait taillé un scaphandre de bord sur mesure, afin d'épouser ses jambes un peu torses, ses épaules inégales, son cou taurin.

Mais la femme, en revanche, offrait le reflet d'un bien beau spécimen d'humanité. Le Terrien, qui savait apprécier, s'attarda à contempler ce visage que la strafication n'offensait pas mais mettait curieusement en relief, la ligne parfaite, les hanches arrondies après la finesse de la taille, la longueur des cuisses et, par-dessus tout cela, le ciselé de la poitrine, apparente sous la combinaison.

Le guetteur du vide estimait que la couche

minérale devait être très mince et, d'une façon générale, ne pas dépasser l'épaisseur d'une pellicule, sur tous ces êtres, sur le grand cockpit et sur tous les objets, toutes les machines.

Cette statue de femme le troublait et une mélancolie profonde s'était emparée de lui mais il fut promptement tiré de sa méditation par l'attitude de Râx.

Le pstôr, qui était demeuré calme depuis le début de l'exploration de l'épave, commençait à s'agiter. Il avait conduit son maître auprès de ces deux nouvelles victimes mais il ne s'en tenait pas là.

Maintenant, il allait de l'une à l'autre. Il reniflait tantôt la statue de l'homme et tantôt celle de la femme. Puis il se mit à siffler doucement, sur un mode plaintif, cela en fixant sur le Terrien ses grands yeux d'or qui semblaient se faire suppliants.

L'homme, frappé, se concentra à son tour sur l'animal, plongeant jusqu'à ce cerveau de chien-chauve-souris qu'il était accoutumé à sonder psychiquement, tant le pstôr était en symbiose perpétuelle avec son maître.

Il tressaillit, se sentit pâlir et un peu de sueur naquit à son front, à son échine.

— Râx... Tu aurais découvert que... ?

Il se rua sur les êtres pétrifiés. Il les palpa, appliqua son oreile contre la gangue qui les enserrait.

Il ne percevait rien, mais il lui semblait que la bête ne s'était pas trompée et il s'immobilisa, ferma les yeux, chercha à son tour un contact avec ces ensevelis.

Il claquait presque des dents un instant après.

— Ils vivent !... Je crois qu'ils vivent !...

Il chercha désespérément quelque chose autour de lui, un instrument susceptible de les délivrer de cette prison de pierre. Rien. Tout était stratifié.

— Râx !... Vite ! Tu m'emmènes !

Alors ce fut, pendant près de deux heures, une véritable course contre la montre. Il savait qu'il n'y avait plus un instant à perdre. Pour une raison inconnue, ces deux-là semblaient vivre encore. Mais parviendrait-il à les débarrasser de leur gangue ? Ne seraient-ils pas asphyxiés d'ici là ?

Le pstôr, mentalement dirigé, l'enleva et transporta le Terrien au-dessus du sol glacé de la planète. Un peu de neige recommençait à tomber mais ni l'homme ni la bête n'en avaient cure.

Ils gagnèrent ainsi, à plusieurs stades du point de chute de l'astronef, la haute construction du phare destiné à surveiller l'espace.

Une tour de métal de près de cent mètres, ronde et massive. Des sidéroradars braqués dans toutes les directions enregistraient tous les détails et le Terrien savait qu'un peu plus tard il n'aurait qu'à déclencher un mécanisme pour revoir avec précision l'arrivée de l'astronef pétrifié.

En attendant, il avait son idée mais, alors que le pstôr lui faisait survoler l'immense plaine blanche entourant la grande balise il fut agité d'un soubresaut.

Il découvrait, non plus une piste cette fois, mais plusieurs, évoluant çà et là dans la neige, aux alentours du phare.

Bien qu'il fût très haut, il croyait discerner l'inégalité des pas. Un être ou plusieurs, il ne savait pas mais penchait pour la deuxième hypothèse. Tous, quoi qu'il en soit, possédaient cette même démarche claudicante due sans aucun doute à des pieds très différents.

Il n'avait pas le temps de s'attarder à cela, encore que cette situation risquât d'être lourde de complications. Quels étaient ces étranges personnages et que venaient-ils faire sur Haaki VII ?

Dans l'émotion de l'exploration de l'épave, il en avait à peu près oublié la vision de la première piste. Maintenant, il savait qu'il devrait en tenir compte dans l'avenir, et plus que sérieusement.

Mais il ne trouva rien en arrivant au phare. Il se tenait sur ses gardes et il avait en Râx un auxiliaire précieux et redoutable.

Sans plus s'attarder, il prit ce qu'il cherchait : une trousse de réanimation et un petit chalumeau au laser.

Un instant après, il s'embarquait dans le cosmocanot, avec Râx, et retournait en catastrophe à l'astronef sinistré.

CHAPITRE III

La vision eût été étrange pour un observateur. Mais il n'y avait pas d'observateur et tout se jouait sur un monde perdu et désolé, dans ce qui avait été une carène de vaisseau spatial et n'était plus qu'une épave fossilisée.

Un sculpteur fantastique travaillait la pierre. Une pierre exceptionnelle, de laquelle il s'évertuait à arracher non une idole, mais une femme vivante.

Le Terrien, transpirant d'angoisse, travaillait avec minutie, tremblant sans cesse d'entamer les chairs de celle qui demeurait captive de cette gangue sans précédent.

Le chalumeau diffusait une lumière concentrée, un véritable fil irradiant à l'action terriblement efficace mais exigeant une prudence permanente, une sûreté de main totale.

L'impitoyable bistouri de laser ainsi obtenu découpait lentement la carapace qui s'était mystérieusement créée autour de cette créature.

Tout était sombre dans le cockpit. Il n'y avait que la silhouette du veilleur de l'espace, penché sur ce qui offrait l'aspect d'une belle statue. Alentour, d'autres formes : le bancal stratifié, et aussi le pstôr, le grand Râx, immobile auprès de son maître, qu'il couvait de ses yeux d'or tout en demeurant enveloppé dans ses ailes de chiroptère.

Seul le laser paraissait vivre. Le jet de feu trouait la semi-obscurité, y jetant un trait bizarrement luminescent, pratiquement non-éclairant mais qui accentuait le relief de ces formes heurtées et augmentait le côté fantastique de la scène.

L'homme avait peur de faire mal, de toucher cette peau qu'il devinait délicate, fasciné qu'il était par l'incomparable pureté du visage.

C'était tout d'abord naturellement à ce visage qu'il s'était attaqué, découpant petit à petit le revêtement de pierre. Il y parvenait et avait la joie profonde de découvrir, alors que le masque minéral tombait enfin, la beauté majestueuse de cette femme.

Les yeux clos, elle semblait dormir. Il se pencha, très près, écouta et finalement chercha sur les lèvres quelque peu décolorées le souffle de la vie qu'il avait peine à percevoir.

Le contact le bouleversa jusqu'en son intimité. Oui, elle vivait.

Quel soupir heureux s'échappa alors de sa poitrine ! Il ne comprenait d'ailleurs pas comment cela se faisait puisqu'elle avait été enveloppée totalement dans la gangue de pierre. Mais c'était un fait : elle était vivante.

Alors il reprit confiance et assez rapidement, cette fois, découpa le tour du cou et finit par libérer la tête en son entier.

Aussitôt, il reposa le chalumeau et s'évertua, avec son petit attirail sanitaire, à procéder à la réanimation.

Il avait étendu la jeune femme, s'efforçant de ne pas s'attarder à contempler l'ovale du visage, l'appel charnel de la bouche, cette bouche qu'il avait effleurée en un curieux et inoubliable baiser de vie. Il voulait ne pas caresser la longue chevelure qui s'était déroulée une fois libérée de l'entrave pierreuse.

Il fallait lui placer sur le nez et la bouche le masque revitalisant, mettre en marche le mini-appareil parfaitement efficace et qui rendait tant de services au monde des cosmonautes.

Il régla la bonne marche du travail mécanique et se préoccupa alors de son compagnon.

Enhardi par ce premier succès, il sentit que sa main était plus ferme, qu'il redoutait moins une maladresse et il réussit assez aisément à découper le masque, puis ce qui formait un véritable casque pour le cosmonaute accompagnant la jeune femme.

Il vit un bonhomme très laid, au visage carré, au front bas avec des cheveux incertains de teinte mais épais et plantés dru, un nez cassé, une bouche qui n'était qu'un trait si large qu'il paraissait couper le faciès en deux. Les yeux étaient très enfoncés dans des orbites démesurées. Bref, la tête valait le corps de ce disgracié. Le Terrien, cependant, estima qu'il devait être d'une force peu commune. Les cosmonautes de tous les univers, il est vrai, n'étaient jamais recrutés parmi les débiles et les mous.

Le dynamiseur de vitalité était à double direction si bien que l'isolé de Haaki VII put mettre en route la réanimation de l'individu qu'il venait de libérer, après avoir constaté que lui aussi avait survécu à l'ensevelissement. Il se réservait d'étudier par la suite les raisons de cette survie en dépit de la carapace minérale qui lui avait parut totalement hermétique.

Maintenant, le trait fluorescent s'attaquait à la gangue entravant le corps de la jolie brune. Elle apparut dans sa combinaison de bord, correspondant à une mode qu'il estima être celle des planètes voisines de l'étoile de Barnard. Mais l'heure n'était pas à de telles considérations et il acheva de la dégager.

Un instant, essuyant son front ruisselant, il la regarda.

Elle commençait à respirer normalement et les seins, petits mais artistiquement dessinés, pointaient agréablement sous le vêtement, fait d'une matière analogue au nylon blindé utilisé par les Terriens.

De taille plutôt petite, elle était joliment proportionnée et il ne pouvait s'interdire de ressentir les mystérieux effluves se dégageant de ce corps de femme.

Il l'imagina sensuelle, passionnée...

Il se morigéna. Ne se devait-il pas à l'autre, le pauvre disgracié ?

Il mit au jour un véritable Quasimodo, aussi large que haut dans son corps que dans son visage. Bien vivant lui aussi.

Il brûlait de les transporter au phare pour achever de les remettre en état. Cependant il ne voulut pas abandonner l'épave avant d'avoir la certitude qu'il n'y avait aucun autre survivant. Il ne s'en accordait pas le droit. Certes, Râx, fort de son infaillible instinct, n'avait accordé aucune attention aux autres statues mais, par acquit de conscience, son maître découpa encore trois masques de pierre.

Cette fois il fut édifié. Ils étaient morts. Tous, malheureusement.

Alors il ne perdit plus de temps. Psychiquement, il dirigea le pstôr, lequel parfaitement branché sur le cerveau de son maître, obéissait à la perfection.

Ce qui permit à l'homme de transporter sans trop de difficultés les deux rescapés à bord du cosmocanot. Il les recouvrit chaudement, gardant le réanimateur automatique en état de fonctionnement, les masques demeurant appliqués sur les visages de ses patients.

Au dernier moment, une dernière pensée le traversa.

Et s'il en restait encore un !

Alors il flatta Râx, lui parla doucement :

— Reste avec eux... Veille sur eux !

Il plongea du regard dans les beaux yeux d'or. Et le pstôr devait comprendre : il repartit vers l'épave, chalumeau en main.

— Tous ! Tous ! Je n'ai pas le droit de partir ainsi !

Il frissonnait à la pensée qu'un seul pouvait subsister, que Râx s'était peut-être trompé. Scrupule excessif sans doute, mais devait-il négliger la moindre chance de laisser un seul être humain périr asphyxié dans la gangue de pierre ?

Etait-il plus nerveux ? Fatigué par ce bizarre travail ? Dès qu'il s'attaqua à une des statues non encore entamées, il dut avoir un léger mouvement involontaire car le trait du laser glissa et perça une idole à hauteur de la poitrine.

Horrifié, l'homme recula.

Du sang apparaissait...

L'émotion le portait presque à claquer des dents. Mais il se reprit, il chercha à comprendre et ne tarda pas à constater que, cette fois, la stratification avait été plus forte que dans les autres cas. La couche pierreuse adhérait véritablement à la chair si bien qu'on ne pouvait plus les dissocier et qu'en s'attaquant à la gangue on perçait en même temps l'organisme humain.

C'était affreux, que ce malheureux qui avait dû être saisi vivant dans l'incroyable phénomène, et qui maintenant n'était plus qu'une statue sanglante.

Accablé, il se retira définitivement.

Le cosmocanot l'emporta et un peu après, toujours aidé de Râx, il transporta les survivants dans un compartiment climatisé de la station de Haaki VII.

C'était près de la petite piscine, sous les arbres entretenus artificiellement.

Il avait déshabillé les rescapés pour les étendre sur des lits « relax » qui épousaient mollement la forme du corps. La réanimation était pratiquement terminée et il s'évertuait à achever le travail de retour à la vie par quelques massages, et également en leur faisant ingurgiter une boisson reconstituante, un élixir thérapeutique qu'il avait dynamisé et rendu agréable en y mêlant quelques gouttes d'un vieux whisky de sa planète patrie.

Grâce à un tel traitement, il eut la satisfaction de voir les couleurs revenir aux traits des deux personnages. Ils commencèrent à soupirer, à s'agiter quelque peu et à battre des paupières.

Rassuré quant au salut de l'homme il ne s'attarda pas devant cette sorte de gnome râblé, bien peu esthétique. En revanche, tout en caressant le crâne de Râx, lequel près de lui ronronnait de plaisir dans la tiédeur du compartiment, il se détendit en admirant le réveil de la jeune femme.

Comme il la trouvait belle ainsi ! Loin de la Terre, plongé en pleine mission il avait quelque peu négligé le sexe féminin depuis quelque temps. Certes, il n'oubliait pas celle qui l'attendait, Evdokia, la belle Grecque dont il avait fait sa compagne. Mais combien d'années-lumière les séparaient (1) ?

Maintenant il avait la douceur d'admirer ce corps mince, élancé en dépit de la petite taille. Et il découvrait ce qu'il attendait : le regard.

Des yeux bleus ou gris, il ne savait encore, mais assez clairs, commençaient à se montrer. Elle paraissait effarée et elle se redressa brus-

---

(1) *Voir* : Les Incréés *du même auteur, dans la même collection.*

quement, contrastant avec son inertie précédente.

— Ne vous inquiétez pas... Vous êtes en sûreté... Vous êtes sauvée !

Il employait le langage spalax, un idiome convenu et diffusé à travers toutes les planètes connues. L'usage s'en répandait à travers la Voie lactée, avant d'atteindre les autres univers.

Elle le regarda, sans paraître encore comprendre. Puis elle vit Râx et éprouva un mouvement d'inquiétude.

Le Terrien se hâta de la rassurer :

— N'ayez pas peur ! Je comprends qu'on soit effrayé par Râx quand on ne le connaît pas, quand on le découvre pour la première fois... Mais il est bien brave !...

Le pstôr ronronna plus fort et battit de ses grandes ailes de chauve-souris, ce qui parut effarer la jeune femme.

Le Terrien, lui, s'avançait doucement, offrait un petit gobelet. Il y avait versé du whisky, pur cette fois. Elle comprit l'invitation, le regarda sans sourire. Elle était vraiment très belle en dépit de cet effroi latent qu'il lisait sur ses traits.

Il l'encouragea gentiment. Comprenait-elle les paroles ? En tout cas elle finit par se décider et goûta le Cutty Sark.

Il rit un peu parce que cela la fit grimacer à la première gorgée. Mais sans doute ressentit-elle une certaine chaleur, car elle avala le reste du gobelet.

Et, en spalax, avec un accent qu'il ne connaissait pas, un peu guttural, elle prononça :

— Merci !

Il se sentit heureux. Elle allait pouvoir lui parler et l'échange était possible.

Cependant, l'homme s'agitait lui aussi sur son divan. Le guetteur de l'espace se hâta d'abandonner (avec un peu de regret) sa belle inconnue pour vaquer à son devoir. Le rescapé eut droit à l'élixir puis, une fois revigoré, au wkisky pur. Lui ne fit pas la grimace et parut l'apprécier.

Un instant après, le dialogue commençait à s'établir.

Ils étaient originaires d'un monde assez lointain, tournant autour d'une étoile du Verseau, comme Haaki, mais à plusieurs années-lumière. Leur astronef avait pour mission le contact avec les humanités de la constellation en vue de dépister et de combattre éventuellement les monstres qui dévoraient les planètes et les fossilisaient.

Et le vaisseau spatial s'était heurté à un de ces fantastiques phénomènes. Il avait vainement tenté de lui échapper. Un globe géant, vraisemblablement d'un diamètre de près de cent kilomètres (le Terrien traduisit l'estimation) avait promptement enveloppé le navire.

Dans l'horreur des minutes suivantes, la stratification s'était produite, à la fois sur la carène elle-même, les machines, les instruments de bord, et aussi les humains.

Tikla, la jeune femme, et Hondorôô, l'homme, avaient perdu connaissance, croyant mourir. Ils étaient bien surpris de se retrouver là. Le Terrien leur expliqua que lui-même n'était pas originaire de Haaki, mais qu'il y était en stage et avait accepté la dure mission de veilleur de l'espace.

Cette véritable résurrection créait une atmosphère heureuse. Cependant, le Terrien constatait que Tikla demeurait un peu réticente, lointaine. Hondorôô, lui, était exubérant, quelque peu farfelu. Ses propos étaient décousus et il était parcouru de tics. L'homme de la Terre pouvait se demander comment on avait embauché pareil cosmonaute mais Tikla, comme si elle devinait sa pensée, expliqua avec simplicité que Hondorôô était un remarquable technicien de l'électricité et qu'il était chargé à bord des génératrices, travail délicat au possible. Quant à elle, il se trouvait qu'elle était devenue sa collaboratrice.

Ils étaient pourtant bien dissemblables mais l'heure n'était pas à de telles considérations psychosociales. Les rescapés en oubliaient leur nudité, ce qui enchantait le Terrien lequel, instinctivement, se sentait attiré par le corps nacré, à peine potelé, sain et souple à la fois de la séduisante Tikla.

Il commençait à leur expliquer comment il les avait découverts, alors qu'ils étaient les seuls survivants du navire sinistré. On s'interrogeait sur les raisons de ce salut.

Hondorôô s'était mis debout. Il parlait de façon saccadée, en sautant d'un pied sur l'autre ce qui commençait à agacer le Terrien :

— Tikla ! Tikla ! L'électricité ! L'électricité ! La foudre ! La foudre !

Elle sembla énervée, elle aussi, et avec humeur, riposta :

— Explique-toi donc au lieu de faire l'imbécile !

Comme tout le monde s'exprimait en spalax, le Terrien comprenait parfaitement.

Mais Hondorôô ne s'expliqua pas. Un incident vint interrompre son discours.

Râx avait soudain bondi sur ses pattes postérieures, battu l'air de ses ailes en émettant un sifflement violent.

Tikla fronça le sourcil. Hondorôô cria :

— La bête a peur ! La bête a peur !

Le Terrien s'était levé promptement et avait saisi à sa ceinture une arme redoutable, un pistolet à rayon inframauve, un superlaser auquel peu d'éléments pouvaient résister.

— Peur, non ! Mais il donne l'alarme ! Que se passe-t-il ?

Du geste, il intima aux deux rescapés le conseil de ne pas bouger et, suivi du pstôr, il se précipita vers une grande baie qui donnait sur la vaste plaine glacée.

Râx siffla encore sur le même mode d'alerte, et son maître eut un haut-le-corps.

Pour la première fois, il découvrait les Torsadés.

CHAPITRE IV

Il ne les avait jamais vus. Il savait seulement qu'ils existaient sur Haaki II, une des planètes du système. Cette race hybride, exceptionnelle dans la Galaxie, mi-hommes mi-plantes, demeurait plus que primitive et avait depuis des temps immémoriaux servi d'esclaves aux Haakiens, humanoïdes évolués.

Et ils étaient là. Du moins un certain nombre car il en découvrait une trentaine, dans la neige, tout autour du phare.

Créatures de cauchemar, les Torsadés offraient l'aspect de pygmées taillés directement dans le bois. L'homme de la Terre avait su que les savants du monde de Haaki étudiaient depuis longtemps leur morphologie. Un végétal mutant, déjà très voisin du mammifère, voire de l'homme. Un langage inarticulé, mais un cerveau très relativement développé.

Physiquement, ils étaient hideux. Petits, de couleur brou de noix, avec des membres noueux et torses, ils évoquaient ces figures fantastiques que les artistes de sa planète patrie la Terre se divertissent à façonner avec des sarments de vigne.

De surcroît, sur leurs corps qui restaient nus, croissait une véritable floraison de membres supplémentaires, des lianes vivantes, feuillues, animées de mouvements, ce qui achevait de rendre cette race absolument unique à travers le Cosmos.

Cette vision ne surprenait qu'à demi le Terrien. Ce qui lui semblait bien plus étonnant, c'était leur présence sur Haaki VII, ce monde de désolation.

Toutefois, officier de la Terre et aussi spécialiste en psychologie cosmique, fréquemment chargé de mission de contact avec les peuplades inconnues, il se garda bien de toute attitude hostile.

Il apaisa du geste le pstôr qui sifflait, prêt au combat, et s'avança dans la neige, souriant, détendu du moins en apparence.

Tout de suite, les Torsadés se rapprochèrent et il se vit entouré d'une bande de ces petits êtres dont on ne savait vraiment s'il s'agissait de créatures humaines ou seulement de leurs caricatures taillées dans le bois.

Il tenta de leur parler, utilisant cette fois le langage haakien, les quatre planètes habitées ayant réussi à unifier un idiome, sans préjudice des langues locales, afin de faciliter les échanges. Logiquement les Torsadés devaient le comprendre.

Il leur demanda ce qu'ils étaient, pourquoi et comment ils étaient là.

L'un d'eux s'avança. Il comprit alors l'origine de la piste qui l'avait tant intrigué. Les Torsadés avaient une jambe à peu près normale pour un humanoïde, quoique courte et tordue, mais l'autre demeurait une masse informe, un simple bout de bois, du moins en avait-elle l'aspect, ce qui donnait aux pas dans la neige cette physionomie inégale.

Impossible de lire un sentiment sur ce faciès taillé dans ce qu'on n'osait déterminer comme étant de chair ou de bois. Mais le truchement cherchait à se faire comprendre à son tour de l'humain.

Il prononça quelques syllabes, totalement incompréhensibles, mais n'insista pas.

Et, campé sur sa jambe normale, avec le moignon, il commença à tracer des signes sur la neige.

Le Terrien se pencha, déchiffra au fur et à mesure.

Il connaissait maintenant très bien la langue haakienne et c'étaient justement des caractères de Haaki que traçait le Torsadé, sous les yeux fixes de ses congénères parfaitement immobiles, à cela près que les flagelles feuillues croissant sur leurs corps frémissaient bizarrement ; on ne savait si c'était sous l'impulsion de quelque palpitation interne ou seulement parce que soufflait le vent glacé de Haaki VII.

L'homme put lire. Lui parlait et il était certain d'être compris, si la morphologie bizarre des Torsadés leur interdisait d'être aisément entendus des Humains.

Les Torsadés s'étaient révoltés, las de servir de bêtes de somme aux Haakiens. Il y avait eu des combats, une répression terrible, sur Haaki II, seule planète où vivait cette race asservie.

Quelques-uns avaient réussi à s'enfuir, bien décidés à quitter le système. Une telle narration, qui demanda un certain temps, le Torsadé écrivant sur la neige, apprit au Terrien que le petit groupe, une quarantaine d'individus parfaitement asexués comme tous les spécimens de leur espèce, avait abattu plusieurs cosmonautes pour s'emparer d'un astronef.

Le Terrien interrogeait et l'autre écoutait, avant de répondre en traçant les caractères convenables.

Il apprit ainsi à son interlocuteur, fort surpris d'une telle révélation, que si les Torsadés étaient en effet incapables de diriger un vaisseau de l'espace, ils avaient pallié la difficulté en s'emparant d'un pilote, seul rescapé du massacre de l'équipage du navire investi au sol.

Cet homme, encore captif à bord, avait dû leur obéir et les conduire à travers le grand vide.

Fuyant Haaki II de sinistre mémoire et aussi les autres planètes habitées de Haaki, ils avaient ainsi échoué sur Haaki VII, aux confins du système.

Que désiraient-ils ? La réponse fut nette : s'éloigner à jamais d'un monde où leur race ne pouvait servir que d'esclave, gagner une sorte de paradis dont ils avaient une idée vague, mythique, loin, très loin dans l'espace...

Le Terrien songea à les détromper. Un tel voyage demeurait du domaine de l'utopie, mais comment faire comprendre cela à des êtres relevant encore partiellement du monde végétal ?

Il était difficile de leur conseiller de demeurer sur Haaki VII, astre parfaitement déshérité. Retourner sur une autre planète ? Les quatre de Haaki pourvues d'atmosphère et de conditions propres à la vie étaient habitées par des peuples fédérés et les malheureux Torsadés n'avaient rien à en espérer, d'autant que d'après leur comportement, ils ne pouvaient s'attendre qu'à être immédiatement exécutés.

Mais, petit à petit, il apprit ceci : les Torsadés avaient, sinon une religion, du moins un ensemble de superstitions. Totémistes, ils étaient de ceux qui attendent quelque révélation des génies.

Et, avec un certain ahurissement, le Terrien apprit qu'il était considéré comme un de ces êtres supérieurs assimiliés à leurs totems. Si bien qu'on lui demandait de prendre le commandement de l'astronef et de les emmener vers ce monde bénéfique et d'ailleurs illusoire où ils pourraient enfin vivre libres et en paix.

Leur expliquer que tout cela n'était que confusion ? Le Terrien comprit tout de suite qu'il perdrait son temps.

Il tenta de tergiverser, offrit de demeurer amis, d'étudier la question avec leur prisonnier, le Haakien.

Mais il vit promptement qu'il faisait fausse route et les décevait. Pouvaient-ils être dangereux ? C'était possible, puisqu'ils avaient déjà massacré un certain nombre de Haakiens.

Il tenta un accord, comprit malgré tout que les Torsadés n'étaient pas satisfaits.

Il les vit s'éloigner, claudiquant dans la neige, laissant ces traces curieuses attestant l'inégalité de leurs membres inférieurs.

Il était songeur. Qu'est-ce que cela allait lui réserver ? Une vague inquiétude pesait, encore qu'il eût de la sympathie pour ces pauvres créatures qui n'avaient été que des opprimés depuis le début du monde. Mais que peuvent faire les révoltés, qui sont généralement des esprits obtus, aisément sanguinaires ?

Il revint vers les deux rescapés, après avoir vu les Torsadés disparaître à l'horizon, l'horizon mortel de Haaki VII. Quelque part dans ces solitudes, l'astronef volé devait avoir touché une aire quelconque, et un Haakien captif s'y morfondait.

Tikla et Hondorôô s'étaient rhabillés. Ils étaient vraiment revigorés et il put apprécier un peu mieux leurs personnalités.

Si l'électricien demeurait nerveux, sautillant, agaçant dans son comportement et ses phrases hachées, la jeune femme paraissait sérieuse, posée, gardant un sourire discret.

Elle remercia leur sauveur et voulut savoir qui il était. Il lui dit qu'il se nommait Bruno Coqdor, était officier psychologue et venait d'une lointaine planète.

Tikla ne connaissait pas la Terre mais, comme tous les cosmonautes, savait à peu près ce qu'elle était. Elle se familiarisait avec le Terrien et aussi le pstôr, en dépit de son aspect étonnant et un peu effrayant. Lui venait d'un autre monde, la planète Dzô, près de l'étoile Epsilon de la constellation d'Hercule (1).

Il conseilla à ses nouveaux amis de prendre quelque repos. Tikla demeurait hantée par un problème : après ce qu'il lui avait raconté sur les modalités de leur sauvetage, elle ne pouvait comprendre comment Hondorôô et elle-même, saisis dans la gangue minérale, avaient pu susbsister, alors que leurs malheureux coplanétriotes avaient tous péri, asphyxiés dans ce sarcophage de pierre qui finissait par faire corps avec leur organisme.

Hondorôô semblait avoir son idée. Il répéta à plusieurs reprises le mot « électricité ». Coqdor en était exaspéré. La jeune femme mit un terme à une querelle qu'elle sentait naissante et, après un léger repas, chacun eut droit à une petite chambre particulière.

Bruno Coqdor avait peine à s'endormir.

Tout d'abord il demeurait vaguement inquiet. Après la chute inattendue de l'astronef venu de la planète Wer'l, ainsi que le lui avaient appris les deux rescapés, il aurait pu se croire seul avec eux sur Haaki VII.

Or il n'en était rien et l'irruption des Torsadés changeait, semblait-il, bien des choses.

Ces créatures hors série disposaient elles aussi d'un vaisseau spatial. Avec un Haakien en otage.

Coqdor, quoique Terrien, n'en était pas

---

(1) *Voir :* L'Etoile de Satan, *du même auteur, dans la même collection.*

moins l'allié des Haakiens qui avaient sollicité son aide contre l'éventualité d'une attaque des microbes géants. Il se disait donc que son devoir était de délivrer ce prisonnier.

Cependant, des sentiments contradictoires s'affrontaient. Libéral de par sa nature généreuse, celui qui avait mérité d'être appelé le chevalier de la Terre avait peine à ne pas prendre parti pour une race opprimée.

Il comprenait la révolte et la fuite des Torsadés. Mais leur tentative lui paraissait sans issue, sans espoir. Ce désir de départ vers un paradis imaginé par des âmes infantiles ne laissait aucune porte de sortie, sinon la perspective de se perdre à jamais dans l'espace, si réellement le pilote était astreint à dépasser l'orbite de Haaki VII, ultime planète du système. Y demeurer ? La vie y serait rapidement impossible et les misérables Torsadés y périraient avec leur captif.

Coqdor avait la possibilité de communiquer avec Haaki-Central ou les autres postes des divers mondes. En principe, il établissait un duplex selon un horaire bien déterminé, correspondant à peu près à un jour et une nuit de la Terre.

Ainsi, il avait rendu compte de la chute du vaisseau de Wer'l, du sauvetage des deux cosmonautes, et surtout ce qui devait intéresser les Haakiens au plus haut point, de la fossilisation de l'astronef après qu'il ait été attaqué par un titanesque microbe.

Ce qui attestait sans ambages que les monstres fantastiques évoluaient dans le grand vide à distance relativement proche du soleil Haaki et de ses satellites, à quelques minutes-lumière seulement peut-être.

Mais, jusqu'à nouvel avis, Coqdor s'était décidé à ne rien dire de la venue des Torsadés.

Sans doute, après la fuite de cette suprême poignée de révoltés, pensait-on à travers le système qu'ils avaient péri avec le malheureux qu'ils avaient obligé à les piloter. Nul Haakien ne devait supposer qu'ils aient pu ainsi atteindre le dernier astre qui terminait leur monde avant les gouffres vertigineux interconstellations.

Et puis, au milieu de toutes ces pensées qui s'embrouillaient un peu, le Terrien s'aperçut qu'il pensait beaucoup à un visage ovale, éclairé de grands yeux clairs et serti de longs cheveux sombres. Une créature humanoïde, née sur Wer'l du Verseau ou sur n'importe quelle autre planète, n'en est pas moins une femme.

Il se retournait sur sa couchette. Et ses mouvements faisaient dresser l'oreille à Râx, le fidèle pstôr couchant toujours près de lui, soigneusement enveloppé dans ses ailes immenses.

En fait, non seulement Coqdor était tenaillé par un cas de conscience concernant les pauvres Torsadés révoltés, mais encore il constatait qu'il pensait beaucoup à celle qu'il avait délivrée de la gangue fantastique.

Il y pensait plus qu'il ne l'aurait voulu. Ne se devait-il pas à Evdokia ?

Il allait finir par s'endormir quand le pstôr se mit à siffler.

Coqdor se dressa sur sa couche, tiré de ce demi-sommeil où l'homme ne sait plus très bien ce qui est vrai et ce qui ne l'est pas.

Râx, campé sur ses pattes griffues, battait des ailes et sifflait. Et les yeux d'or jetaient des éclairs.

Coqdor était doué d'une hypersensibilité, qui lui permettait de fréquentes expériences médiumniques.

Il se sentit submergé par un flux curieux, une sorte de marée mentale qui roulait vers lui des ondes émanant d'un groupe sinon humain, du moins pensant, vivant.

On l'appelait, on cherchait à l'attirer. Chose étrange ! Cela n'était nullement hostile, bien au contraire.

Il sentait comme une demande de secours, un S.O.S. promulgué avec beaucoup d'amour. Des effluves d'adoration montaient vers lui.

Il se souvint du récit du Torsadé, qui avait écrit sur la neige. Il se rappela l'assimilation que faisaient ces primitifs avec leurs génies totémiques. Pour eux, il était une sorte de fétiche vivant, par cela simplement qu'ils l'avaient découvert sur un monde inconnu d'eux et que, surtout et contrairement à tous les Haakiens, il les avait traités avec bonté, avec humanité, attitude à laquelle ils n'avaient jamais été accoutumés depuis des millénaires.

— Ils viennent !... Ils me prennent pour un de leurs génies !... Ils va falloir s'en débarrasser... les convaincre que je ne suis qu'un homme comme les autres !

Etait-ce une situation dangereuse ? Il pouvait se poser la question mais Râx, lui, avec son sûr instinct, montrait nettement qu'il pressentait quelque chose de peu agréable.

Bruno Coqdor s'habilla promptement.

Il répugnait à se servir d'une arme mais, par précaution, prit tout de même son fulgurant. Il descendit rapidement au-devant des Torsadés mais, comme il parvenait à ce qui était le vestibule du phare, il exhala un cri de stupéfaction.

CHAPITRE V

Ils avaient déjà réussi à pénétrer dans le phare. Comment ? Les portes étaient à fermeture magnétique, pratiquement inviolables. Et cependant elles l'avaient été, et par ces êtres qui tenaient plus du morceau de bois que de l'humain.

Coqdor le comprit un peu plus tard. Un acide mystérieurx avait rongé la masse du métal, entamé le système de blocage, faussé l'hermétisme réputé absolu. Si bien que plusieurs Torsadés étaient en train de se glisser dans la gigantesque balise placée par les Haakiens à la limite de leur petit univers.

Râx sifflait furieusement mais Coqdor, décidé jusqu'au bout à différer un engagement qu'il redoutait comme devant être funeste, réussit encore à freiner la colère du pstôr.

Parlementer ? Il n'en était guère question. Il savait qu'ils comprendraient ses paroles mais ne pourraient lui répondre. Sur ce plan ils en étaient presque à l'échelon animal. Il y avait bien la solution qu'un d'entre eux, un peu plus évolué, se remît à tracer de grossiers caractères sur la neige, mais le chevalier de la Terre avait promptement réalisé que ce procédé n'était déjà plus de saison.

Que faire ? Il tenta de les repousser doucement. Il s'efforçait de sourire, mais le sourire correspondait-il à quelque chose pour ces faciès végétaux ?

Certes, ils avaient été frappés par son attitude. Et maintenant ils revenaient vers lui. Dans quel but ?

Coqdor estimait qu'un envahissement du phare par les Torsadés n'était guère souhaitable. Déjà, ils avaient réussi à détruire le colmatage de la porte, ce qui ne laissait pas d'être inquiétant. De quelles armes disposaient donc ces créatures qu'on pouvait estimer inférieures sans faire montre du moindre racisme ?

Râx sifflait sourdement et le chevalier avait peine à le calmer. Visiblement l'invasion des Torsadés ne disait rien qui vaille au pstôr, en dépit du calme apparent de son maître qui avait tout le souci de sauvegarder un état pacifique entre les humains et les malheureux esclaves.

Mais, en dépit de ses efforts très raisonnablement contrôlés pour les refouler vers la sortie, cette sortie bien endommagée par l'acide inconnu, le Terrien constatait que les Torsadés étaient peu enclins à obéir à ses muettes injonctions. Ils revenaient sans cesse et leurs rangs grossissaient. Et puis ils s'accrochaient à Coqdor, ils tentaient de le saisir, sans brutalité mais tenacement, de leurs mains noueuses, aux doigts grossiers mais griffus.

Il était évident qu'ils ne lui voulaient aucun mal. Ils cherchaient à l'attirer vers eux tout simplement.

Et comme il résistait de toute sa puissance musculaire, qui était grande, ils utilisèrent un autre procédé.

Les bras ne suffisant plus, ils employèrent ces membricules extraordinaires dont la nature les avait gratifiés, les flagelles qui croissaient de façon anarchique sur leurs corps noueux.

Coqdor reçut sur lui d'innombrables petites lianes frémissantes, émanant des organismes de sept ou huit Torsadés qui s'agrippaient à sa personne. Il se sentit immobilisé tant il existait de force contenue dans ces flagelles, dont il n'osait plus se demander si elles étaient du règne végétal ou du règne animal.

Ce qui était un fait, c'était que justement elles le paralysaient.

Malgré ses efforts, il ne parvenait pas à s'en délivrer. C'était un véritable réseau subtil, des lacs de plantes qui eussent été vivantes. Et incontestablement, elles l'étaient, faisant partie intrinsèquement des corps des Torsadés.

Il voulut leur parler, cessant de se débattre. Mais on ne l'écoutait pas. On l'entraînait.

Une idée le traversa fulgurante. L'assimilant à un de ces obscurs génies qu'ils devaient adorer sommairement, les Torsadés le considéraient comme un vivant totem et avaient pris la décision de s'emparer de lui, de l'emmener avec eux dans la fuite insensée, dans la quête démente d'un monde meilleur où ils seraient à jamais délivrés de l'emprise des Haakiens.

Coqdor était désespéré, se refusant encore à la lutte. Mais il voyait Râx qui sifflait de colère, tentant de venir à son secours et se heurtant à dix petits monstres qui non seulement crispaient sur lui leurs approximations de mains, mais encore l'enlaçaient de multiples flagelles qui neutralisaient du moins en partie la puissance exceptionnelle du dogue-chauve-souris.

Râx exhala un furieux sifflement, eut un soubresaut tel, que les Torsadés qui cherchaient à l'immobiliser furent tous repoussés à la fois. Il y eut dans leurs rangs comme un moment de stupeur, puis ils revinrent tous à la charge.

Les grandes ailes battirent et la gueule terrible broya tour à tour trois des plus audacieux.

Ils saignaient. Parce que caricaturaux, ils appartenaient de loin à la race humaine dont ils n'étaient, par un caprice de la nature, qu'une représentation ébauchée.

Les autres avaient reculé, comme s'ils étaient stupéfaits d'une telle résistance, comme si le pstôr en se défendant et défendant son maître venait de se rendre coupable de quelque action incongrue.

Mais Coqdor demeurait entre leurs lacs et

s'il continuait à demeurer passif, il allait bientôt être entraîné hors du phare, pour on ne savait quelle destination.

C'est alors que la scène changea du tout au tout.

Il y eut un bruit étrange, comme un coup de fouet sec, comme une violente et brève étincelle électrique de haute fréquence.

Deux Torsadés furent saisis d'un atroce soubresaut et roulèrent au sol, leurs corps si proches de l'apparence du bois prenant soudain le ton indéniable de la calcination subite.

La harde recula et Coqdor aperçut Hondorôô.

L'homme de Wer'l s'était emparé d'un fulgurant à inframauve, analogue à celui que Coqdor gardait sur lui mais s'était obstinément refusé à utiliser contre les Torsadés. Et lui tirait dans le tas, et ce premier coup venait de foudroyer deux des agresseurs du chevalier de la Terre.

Coqdor gronda :

— Malheureux !... Qu'est-ce que vous faites ?...

Mais le cosmonaute ricanait et brandissait de nouveau son arme.

Le trait partit mais cette fois les Torsadés s'étaient rués sur lui.

Un seul d'entre eux fut atteint et roula au sol, partiellement désintégré, alors qu'une demi-douzaine de ses congénères ceinturaient déjà Hondorôô.

Horrifié, Coqdor l'entendit hurler.

Il ne comprit pas tout d'abord, mais s'aperçut promptement que les vêtements du malheureux prenaient des tons marbrés, assez répugnants à voir. Et des trous se pratiquaient spontanément dans son harnachement, et la chair apparaissait, la chair attaquée vraisemblablement par un acide analogue à celui qui avait permis aux Torsadés de détruire le système magnétique bloquant la porte du phare.

Coqdor comprit que cet acide, les petits monstres humano-végétaux le sécrétaient de leur propre organisme, à volonté, et que vraisemblablement il était transporté par les flagelles croissant sur leurs corps.

Ils ne l'avaient pas utilisé contre lui, en raison de son attitude pacifique, ni sur Râx en dépit de sa résistance, estimant sans doute que si l'homme leur était précieux, l'animal demeurait précieux pour l'homme.

Mais Hondorôô, lui, s'était montré délibérément hostile. Il avait tué du premier coup deux d'entre eux et s'apprêtait à récidiver.

Alors non seulement ils l'immobilisaient, mais ils le corrodaient avec cette arme naturelle, cette sudation acidique aux effets terriblement agissants.

Hondorôô, atrocement brûlé sur une partie du corps, avait lâché son fulgurant et se débattait, jetant des cris épouvantables.

Il injuriait ses agresseurs, il appelait Coqdor à son secours. Et le Terrien s'efforçait d'élever la voix, espérant que les Torsadés l'entendraient et qu'ils allaient mettre un terme rapide au supplice du malheureux.

Mais Coqdor comprenait qu'il ne pouvait plus garder son attitude conciliante. L'humanité la plus élémentaire l'astreignait à voler au secours du malheureux. Aussi réagit-il avec vigueur.

— Lâchez-moi ! Lâchez-moi, je vous l'ordonne !

Brusquement, il tonnait, il se débattait avec fureur. Et le pstôr, dynamisé par sa parole, mordait et griffait furieusement les Torsadés.

Ils s'écartèrent, la fois de l'homme et de Râx.

Et ils abandonnèrent également Hondorôô. Les flagelles se relâchaient, soit qu'elles soient corrosives comme celles qui enserraient le compagnon de Tikla, soit qu'elles demeurassent inoffensives.

Coqdor s'était précipité vers le malheureux qui gémissait.

Il l'aida à se relever. Hondorôô était mal en point et souffrait de plusieurs brûlures consécutives à l'application des flagelles qui, à la volonté des curieux Torsadés, devenaient ou non secrétrices de cet acide animal dont ils disposaient.

— Merci, râla Hondorôô. Sans vous... je crois qu'ils allaient me ronger vivant avec cette saleté !...

— Venez ! Il faut vous panser... Tout de suite !

— Prenez garde !... Ils vont réattaquer !

— Mais non ! J'ai crié et ils m'ont obéi... Voyez... Ils reculent !

C'était vrai. La harde des hommes végétaux

refluait vers la porte et leurs yeux bizarrement enfoncés dans ce qui leur tenait lieu de visage fixaient les deux hommes, mais ils ne faisaient plus aucun mouvement hostile.

Râx demeurait sur la défensive, les ailes étendues, la gueule entrouverte, ses yeux d'or jetant des éclairs. Tel quel, il était impressionnant.

Certes, il livrerait combat et ferait des ravages dans les rangs des agresseurs mais Coqdor frémissait en songeant à la redoutable sécrétion. Elle avait été épargnée au pstôr comme à lui-même, mais en cas d'un nouvel engagement...

— Cette engeance... Il faut les détruire ! gronda Hondorôô.

Il grimaçait. Il devait avoir très mal. Coqdor l'entraîna, alors qu'il tendait le poing aux Torsadés.

Mais Tikla apparaissait, les cheveux épars, tirée du sommeil par le vacarme.

Elle vit ces créatures dont elle n'avait jamais eu aucune idée. Elle vit Râx en posture de bataille et Coqdor soutenant son camarade Hondorôô en un triste état.

— Que t'est-il arrivé ?

— Je vous expliquerai... Pour l'instant, il est gravement brûlé... par un acide... Nous allons le soigner !

Tikla devait invoquer muettement tous les dieux du Cosmos en regardant les extraordinaires créatures qui paraissaient taillées grossièrement dans le bois, et qui portaient des membres supplémentaires en forme de feuillage.

Mais ils sortaient, sans désordre, dans un silence impressionnant.

— Nous ne pouvons plus fermer la porte, dit posément Coqdor. Ils l'ont détruite.

— Mais comment ?

Il expliqua brièvement le rôle de l'acide inconcevable, qui leur avait servi à ronger les éléments métalliques bloquant l'entrée, avant de s'en servir contre Hondorôô, lequel avait eu le tort d'en abattre deux ou trois.

Coqdor remarqua à ce moment qu'ils avaient emporté les cadavres de leurs congénères. Mais il ne voulut pas perdre de temps et emmena Hondorôô pour le soigner.

Tikla l'aida, naturellement. Le pauvre garçon portait diverses plaques où l'épiderme rongé laissait voir le derme à vif, lui-même fortement entamé en plusieurs endroits : épaules, flanc, abdomen, cuisses, poitrine.

Heureusement, le phare était parfaitement équipé et il n'y manquait même pas l'intracorol du docteur Xol, produit à base chlorophyllienne, invention ancestrale d'un savant vénusien. Ses effets cicatrisants étaient foudroyants, mais l'état de l'organisme d'Hondorôô exigerait cependant plusieurs jours de convalescence.

De plus, il était pris d'une forte fièvre. Inquiet, Coqdor songea qu'il devenait nécessaire de l'évacuer et par la même occasion de signaler aux autorités de Haaki-Central ce à quoi il s'était refusé jusque-là : à savoir la présence des Torsadés évadés sur Haaki VII.

Cela lui déplaisait, mais il savait maintenant que cette petite race était dangereuse, par sa nature même. Et la santé désormais précaire de Hondorôô exigeait des soins qu'il ne serait peut-être pas à même de lui donner dans cette station perdue.

Il laissa Hondorôô à la garde de Tikla et se rendit au poste de télécommunication, grâce auquel il entama rapidement un duplex avec la planète majeure.

Il dit tout. L'invasion des Torsadés. Leur comportement. L'état de ce rescapé atteint par le terrible acide et qu'il serait bon d'évacuer.

On lui répondit qu'un cosmocanot serait expédié par subespace. On lui proposa parallèlement d'emmener Tikla afin de la soigner elle aussi. Les Haakiens, par cette occasion, devaient souhaiter établir un contact avec ce monde de Wer'l, appartenant à leur constellation mais qu'ils ne connaissaient pas encore.

Coqdor, que Râx avait naturellement suivi, parlait avec ses interlocuteurs, et refusait une fois de plus d'être relevé. Il voulait rester à son poste, continuer la surveillance de l'espace. Le témoignage des rescapés de Wer'l attestait de toute façon que les microbes-macrobes évoluaient à proximité relative du système.

Une fois encore le pstôr donna l'alerte. Coqdor interrompit le dialogue interastres et se précipita.

Il trouva Hondorôô se traînant, demi-nu,

près du lit « relax » où il l'avait pansé et couché.

Haletant, le malheureux, qui grelottait de fièvre et semblait plus mal en point que jamais, réussit à dire entre deux hoquets :

— Ils sont revenus !... Tikla !... Ils l'ont enlevée !...

CHAPITRE VI

Le vent s'était déchaîné. Un violent blizzard soufflait sur la plaine et la neige tombait à gros flocons. Si bien que lorsque Coqdor, suivi de Hondorôô, un Hondorôô en triste état mais qui serrait les dents pour tenir quand même, mit le nez dehors, il ne vit qu'un immense tourbillon blanc qui enveloppait toutes choses.

Impossible dans ces conditions de chercher une piste. Les pas des Torsadés avaient été promptement nivelés par l'épaisseur blanche qui ne cessait d'augmenter.

Sans être grand clerc, on voyait tout de suite qu'un pareil temps allait durer un bon moment et qu'il n'était pas question d'attendre une accalmie pour courir au secours de Tikla.

Ce qui s'était passé ne paraissait pas difficile à établir. Les primitifs humano-végétaux, bien qu'asexués, avaient aisément compris, et cela sans doute depuis longtemps, que les hommes, qu'ils soient haakiens ou autres, étaient irrésistiblement attirés vers leurs femelles et qu'ils en faisaient un très grand cas.

Aussi, repoussés par leur totem vivant, astreints à cette bagarre qui avait coûté la vie à trois des leurs, ils n'avaient pas insisté. Mais ils avaient attendu un peu pour revenir discrètement, s'introduire de nouveau dans le phare cette fois avec un dessein très précis.

Dessein qui leur avait été favorisé par le fait que Hondorôô était provisoirement neutralisé et que Coqdor, flanqué de son inséparable Râx, s'évertuait à établir un duplex avec Haaki-Centre, pour renseigner les autorités sur les étranges événements se déroulant sur Haaki VII.

Ils avaient enlevé Tikla. La femme. Pour eux, c'était un complément de la race des hommes, un complément qu'ils devaient difficilement comprendre mais qu'ils constataient.

Et forts de cette constatation ils l'avaient mise à profit, se disant sans doute dans leurs pauvres petites cervelles que l'homme se mettrait promptement en quête de celle qu'on venait de lui enlever.

Raisonnement qui, après tout, en valait un autre.

Il importait donc, ainsi que les Torsadés l'avaient prévu, de se lancer à leur poursuite, de tenter de reprendre Tikla et, naturellement, d'éviter le piège, d'ailleurs assez grossier, qu'ils tendaient à ce génie vivant qu'ils voyaient en Coqdor.

Hondorôô semblait accablé. Sans doute

était-il très attaché à Tikla encore que le Terrien eût pu supposer qu'il n'y avait entre eux aucun lien charnel, ni même réellement sentimental. Mais les randonnées spatiales créaient des amitiés solides, Coqdor le savait bien.

Il réconforta de son mieux l'homme de Wer'l.

— Il faut vous reposer, Hondorôô. Dans quelques heures, un astronef viendra de Haaki-Centre et vous serez évacué. Moi, en attendant je vais tenter de délivrer votre amie...

— Je veux aller avec vous ! gronda farouchement l'électricien.

— Du calme ! Nous ne savons même pas par où ils sont allés... Dans quelle direction se trouve leur astronef...

Hondorôô eut un geste accablé mais Bruno Coqdor lui tapa sur l'épaule, évitant celle qui avait été cruellement entamée par l'acide humano-végétal :

— Courage !... Râx va nous aider !...

La tempête soufflait avec fureur et la neige paraissait noyer tout devant eux.

A l'infini, on ne voyait que des masses blanchâtres, diluées au regard sous l'épais rideau blanc, mouvant, tourbillonnant, qui croulait d'un ciel devenu invisible.

Hondorôô assista alors à une de ces expériences médiumniques dont le chevalier de la Terre était coutumier, et cette fois avec la collaboration du pstôr, lui-même entraîné à ce style de travaux psychiques, Coqdor ayant depuis longtemps utilisé et cultivé les facultés instinctives d'un pareil animal.

Il appela Râx, lui parla longuement en lui caressant le crâne.

Hondorôô, écroulé dans un coin, regardait. Il grelottait, car la porte demeurait ouverte sur l'effroyable tourmente et le froid était vif. Mais ni Coqdor ni le pstôr ne semblaient en avoir cure.

Un instant encore l'homme et l'animal demeurèrent face à face, cette fois en silence.

Hondorôô devinait vaguement qu'il devait y avoir échange, mais il ne réalisait pas très bien.

A un certain moment, le pstôr battit des ailes, avança vers la porte, sortit et, dans le torrent neigeux, s'envola.

L'homme de Wer'l regardait, ébahi. Il n'avait encore vu Râx qu'au sol et il était surpris de voir voler un animal de cette taille, encore que sa morphologie y fût parfaitement adéquate.

Râx fut aussitôt enveloppé par les flocons qui tombaient en rangs serrés et que le vent faisait tournoyer. Ses grandes ailes, dans la neige, prenaient un aspect fantomatique, et son corps fauve, son corps puissant déjà maculé par l'élément ambiant offrait une silhouette peu ordinaire.

Coqdor, immobile, le regardait monter, s'envelopper de neige. Et Hondorôô s'était levé en trébuchant, pour venir lui aussi jusqu'à la porte du phare. Là, bien que claquant des dents, autant de fièvre que de froid, il assistait à cette envolée affolante.

Râx montait, montait. La neige tombait de plus en plus dru et les deux hommes le virent rapidement disparaître en hauteur, l'écran blanc l'occultant à leurs regards.

Hondorôô commença :

— Je crois que...

Du geste, Coqdor lui intima impérieusement l'ordre de se taire. Le compagnon de Tikla ne comprit pas mais se tut.

Tête nue, il se campa dans le tapis blanc, croisa les bras et bien équilibré sur ses jambes, il demeura ainsi, les yeux clos.

C'était tellement surprenant que Hondorôô, toujours aussi mal à l'aise, s'avança à son tour, pour voir, pour comprendre.

Coqdor demeurait silencieux. Mais, sous les flocons qui venaient mourir à sa face, Hondorôô le voyait qui remuait lentement les lèvres, s'adressant muettement à un interlocuteur invisible.

En fait, le chevalier de la Terre entretenait une communication télépathique avec Râx, qu'il avait dressé à cet effet.

Présentement, le pstôr, volant très haut au-dessus du sol de la planète, tenant bon dans la tourmente neigeuse, cherchait la piste des Torsadés, des petits monstres qui avaient ravi la fille de Wer'l.

Il furetait, comme un limier aérien. Plus par son instinct merveilleusement développé que par l'acuité pourtant puissante de ses yeux d'or.

Quelque part dans les tourbillons blancs, il allait, venait, tournoyait, cherchait, cherchait inlassablement.

Du sol, Bruno Coqdor aurait pu lui aussi entreprendre cette quête mentale, mais le temps pressait et il utilisait Râx qui lui servait de relais, se rapprochant à tâtons de la bande des fugitifs et de leur proie.

Cela demanda un bon moment. Mais Coqdor, mentalement, encourageait de pstôr et s'il ne le voyait pas, ne perdant pas le contact, il le « sentait » toujours volant au sein de la tourmente blanche, fonçant au rythme soutenu de ses puissantes ailes de chiroptère, humant mystérieusement des effluves qui ne parvenaient qu'à lui seul.

Tout à coup, Coqdor tressaillit.

Là-bas, là-haut, le pstôr « accrochait ».

Alors le chevalier se concentra davantage. En dépit du froid, son faciès ruisselait d'une sueur étrange, tant il se donnait dans l'effort psychique. Il captait parfaitement les ondes émanant du cerveau primitif de l'animal qui lui parvenaient dans leur rugosité, leur simplicité brutale. Mais à son tour, ainsi branché, il « voyait ».

Un soupir lui échappa. Il se relâcha, ouvrit les yeux, revint vers le phare.

Il regarda Hondorôô comme s'il le découvrait, et explosa :

— Malheureux ! Que faites-vous là, dans

cette neige ? Avec cette fièvre, vous allez prendre la mort !...

Il le fit rentrer avec violence. Il avait déjà mentalement rappelé Râx et en effet, quelques minutes après, le pstôr arrivait, tombant littéralement devant la porte du phare, s'ébrouant de l'épaisse neige qui recouvrait son pelage, ses ailes et sa belle tête intelligente.

Coqdor se précipita en riant, il essuya le corps de Râx avec une serviette, frottant la bête, jouant avec elle. Et le monstre ailé se roulait au sol, ravi du manège de son maître, sous l'œil ahuri de Hondorôô auquel Coqdor venait de faire avaler une bonne rasade de whisky.

— Alors ? demanda l'homme de Wer'l.

— Râx a réussi à situer leur position. Venez ! Je vais vérifier sur la carte !

Hondorôô en oubliait ses souffrances. Il suivit le Terrien jusqu'à une des salles du phare, là où se trouvaient les instruments d'observation. On y découvrait une représentation de Haaki VII sous forme de globe luminescent. Le relief, d'ailleurs assez sommaire, y était fidèlement représenté.

Le phare y figurait, naturellement et, se servant des indications du pstôr, le Terrien détermina assez aisément le point d'atterrissage de l'astronef des fugitifs des bagnes de Haaki II.

Cela fait, il s'équipa.

Hondorôô le regardait.

— Que faites-vous ?

— J'y vais. Avec le cosmocanot, j'en ai pour quelques minutes. Il faudra bien que les Torsadés acceptent de discuter... et de me rendre votre camarade !

— Je vais avec vous !

Bruno Coqdor protesta. Hondorôô était en assez triste état. Mais l'homme de Wer'l s'entêta. Il était très attaché à Tikla. Et puis n'était-elle pas avec lui la seule rescapée de la catastrophe, de l'astronef victime des microbes fossilisateurs, des démons de l'espace ?

Coqdor finit par céder. Après tout, cette attitude honorait assez hautement ce malheureux, grelottant de fièvre après avoir subi le supplice de l'acide.

Et puis, on ne savait jamais, peut-être allait-il avoir besoin d'un auxiliaire. Il se demandait en effet comment les Torsadés allaient réagir, avec le raisonnement plus que primaire qui était le leur.

Un instant après, bien équipés, bien armés, les deux hommes que flanquait inévitablement le pstôr prenaient place à bord du cosmocanot.

Coqdor avait fait le point et estimait qu'il ne se tromperait pas de beaucoup en se dirigeant à la recherche des ravisseurs de Tikla.

Le petit engin s'éleva, piqua vers le ciel, et se perdit dans des nuages de flocons qui ne cessaient d'épaissir et menaçaient de recouvrir la petite planète.

CHAPITRE VII

Les Torsadés étaient là, égaux à eux-mêmes. Impassibles, car comment ces faces de bois pouvaient-elles exprimer un sentiment ? Ils étaient groupés autour de cet astronef qu'ils avaient réussi à dérober aux Haakiens. Il neigeait toujours mais ils restaient là, lentement enrobés de flocons, attendant...

Sans doute ne furent-ils pas surpris de voir arriver le cosmocanot, dont le vrombissement déchira l'air étrangement silencieux de la petite planète. L'engin se posa et Coqdor en sortit, suivi de Hondorôô et du pstôr.

Pour ces créatures primitives, sans doute cela était-il logique. Ils avaient enlevé une femme pour qu'un homme courût à sa recherche. Un homme, lequel pour eux qui raisonnaient avec un maximum de simplicité, évoquait un de leurs fétiches.

L'homme était venu. C'était tout naturel.

Coqdor s'avança. Il était fort embarrassé. Jusqu'au bout, il demeurait décidé à conserver avec les Torsadés des relations pacifiques. Mais il fallait admettre que ce n'était pas chose aisée, les bizarres petits bonhommes asexués prenant de discutables initiatives.

Certes, il se disait que la situation pouvait tourner d'ici quelques heures. En effet, il le savait, un astronef allait arriver de Haaki-Centre, avec un commando bien décidé à en finir avec les esclaves révoltés et évadés, ravisseurs d'un navire spatial. Mais en attendant, il fallait gagner du temps et surtout délivrer Tikla.

Il y avait peu de temps, bien peu de temps, que le Terrien connaissait la fille de Wer'l. Pourtant, il se sentait prêt à tout pour la sauver. Il se refusait à admettre qu'un sentiment quelconque, un désir irraisonné, l'entraînait vers elle.

Non ! Elle était un être humain en détresse et rien d'autre. Et le chevalier Coqdor se devait de faire simplement son devoir vis-à-vis de cette victime des Torsadés.

Naturellement, selon son habitude, il s'était approché en prenant une allure aussi détendue que possible et il tenta de parlementer. Ce qui était une image, en réalité il se devait de parler seul, les Torsadés ne prononçant que des cris inarticulés à peu près incompréhensibles et devant se contenter de tracer des signes afin de se faire comprendre, quand il se trouvait parmi eux un individu un peu moins grossier que les autres.

Celui qui avait servi de truchement lors de la première rencontre lui parut impossible à identifier. Ces êtres grotesques, difformes, sans sexe et qui ne se reproduisaient, disait-on, que par parthénogenèse, se ressemblaient à peu près tous.

Il parla, mais aucun ne se détacha pour lui répondre, soit par signes, soit en transcrivant quelques mots.

D'ailleurs, dans la tourmente de neige, tout cela eût été à peu près inutile.

En revanche, du geste, ils invitèrent Coqdor à pénétrer dans leur astronef.

Râx, derrière le chevalier, siffla de façon menaçante. Le pstôr pressentait-il encore un piège ? Hondorôô, lui, le cria ouvertement :

— N'avancez pas !... Ces gnomes vous attirent... Ils ne méritent rien d'autre, sinon que nous leur tirions dedans !

Agacé, Bruno Coqdor se retourna :

— Foutez-moi la paix, Hondorôô ! Je sais ce que j'ai à faire !

L'homme de Wer'l, que ses plaies cuisaient encore en dépit de l'intracorol, eut un mauvais regard et se tut. Coqdor, qui lui tourna le dos, ne vit pas qu'il caressait à sa ceinture la crosse du fulgurant à inframauve qu'il avait emporté.

Le Terrien pénétra dans la vaste carène, et les petits monstres le suivirent de leur pas claudicant, mais toujours en silence. Leurs yeux enfoncés l'observaient mais ils ne faisaient aucun geste. Ils ne s'opposèrent nullement à l'entrée de Râx et de Hondorôô, lesquels ne l'avaient pas lâché d'une semelle.

Les vaisseaux spatiaux sont toujours vaguement parents. Coqdor ne fut donc pas très surpris en pénétrant dans celui-ci, de construction haakienne. Il n'avait d'yeux que pour les Torsadés. Où était Tikla ? Que voulaient-ils de lui ?

Trois ou quatre d'entre eux le précédaient, se retournant fréquemment comme pour vérifier s'il les suivait bien. Et il avançait, et Hondorôô le suivait, et Râx progressait lui aussi, se dandinant puisqu'il se servait à la fois de ses pattes postérieures et de ses ailes repliées, et ils s'enfoncèrent dans les corridors du navire spatial.

Et dans ce qui devait être le living, ce centre qu'on retrouvait à peu près sur tous les navires spatiaux, sorte de foyer-bar-relax, il vit Tikla.

Tikla nue. Tikla étendue sur une table, où elle était solidement maintenue par des sangles magnétiques.

La jeune femme pouvait tout juste remuer la tête. Elle entendit le mouvement de tout ce monde et tenta de voir. Cela lui était malaisé mais elle reconnut Coqdor, le pstôr et son camarade Hondorôô.

Elle se tordit dans ses liens et tout son beau corps parut atrocement crispé.

Pâle, transpirant d'angoisse, le chevalier de la Terre entendit son appel :

— Je vous en prie... Délivrez-moi... Je vais devenir folle !

Hondorôô étouffa un grondement. Râx siffla d'inquiétante façon. Le Terrien bondit vers eux, les maintint du geste et lança :

— Un instant !... Que se passe-t-il ? Tikla... Que veulent-ils de vous ?

Les Torsadés regardaient, toujours silencieux. Mais ils se rapprochaient, si bien qu'automatiquement, Coqdor, Hondorôô et Râx se trouvaient presque contre cette table qui semblait sinistrement métamorphosée en chevalet de torture.

— Tikla...

Coqdor vit le charmant visage que déformait l'angoisse et les grands yeux clairs chaviraient.

— Ah !... Je ne sais pas... Je ne sais plus... Ils veulent me...

Alors un Torsadé avança. Etait-ce celui qui avait servi de délégué et écrit sur la neige, on ne le savait tant ils se ressemblaient entre eux. Toujours est-il que ce dernier commença à griffonner, avec un caillou charbonneux, sur le bord de la table.

Il écrivait comme la première fois en haakien, la langue du système, si bien que Hondorôô ne pouvait déchiffrer. C'était rudimentaire, grossier, mais Coqdor parvenait très bien à lire.

On lui demandait de rester là, de partir avec les Torsadés, d'étendre sur eux sa puissante protection.

Plus que jamais il comprenait qu'on le divinisait stupidement. Détromper les Torsadés ? C'eût été certainement inutile, les foules superstitieuses tenant particulièrement à leurs erreurs, fussent-elles parfaitement hérétiques.

Et d'autre part, il commençait à se dire que ce totémisme farouche pouvait à un certain moment présenter des avantages.

Seulement, il n'était pas question de les suivre, non seulement d'abandonner son poste sur Haaki VII, mais encore de se lancer dans une aventure démente en compagnie de la horde des Torsadés.

Tergiverser ? Il avait jusque-là péché peut-être par excès de diplomatie. Il regardait le monstre qui écrivait. Il voyait Hondorôô, l'œil étincelant, et que tourmentait visiblement le désir de sortir le fulgurant et de tirer à tort et travers dans la horde pour délivrer son amie Tikla.

Coqdor restait là, s'interrogeant, se disant qu'il fallait trouver une solution. Vite, très vite !

Il voyait le Torsadé qui griffonnait toujours, répétant à peu près la même chose, mais disant que la femme captive souffrirait d'un refus, ce que le chevalier commençait à redouter par-dessus tout.

Et elle, il la contemplait, dans sa nudité tragique mais cependant étrangement désirable ainsi, comme une victime, une proie offerte à on ne savait quel amant d'épouvante, toute sa chair ainsi exposée comme une offrande promise à de périlleuses voluptés !

Quelqu'un entra, quelqu'un qui criait, qui haletait. Et ce quelqu'un était un Humain et non plus un Torsadé.

Coqdor et Hondorôô sursautèrent.

— Un Haakien !

Tout de suite, Bruno Coqdor devina le pilote de l'astronef, le prisonnier des esclaves révoltés, le seul homme capable de mener le vaisseau spatial, et sans doute pour peu de temps, les petits monstres devenant bientôt incapables d'assurer une aussi délicate manœuvre.

C'était bien un Haakien. Un gars encore assez jeune, haut et solide, avec une petite tête ronde et glabre comme tous ceux de sa race. Mais sa face était marbrée d'une horrible plaie en laquelle il était aisé de reconnaître la trace de l'acide secrété par les flagelles vivantes des Torsadés.

De plus, sa combinaison en lambeaux, laissant apparaître la chair en maint endroit, montrait aussi d'autres plaies, à peu près toutes à vif. Tel quel, il apparaissait assez effrayant.

Les Torsadés le regardaient mais aucun ne faisait un geste pour l'arrêter. De cet homme ils avaient grand besoin et en avaient conscience. Et d'autre part, il était vraisemblable qu'ils étaient sans crainte à son égard. Il était, à lui seul, bien incapable de leur échapper. Ils l'avaient contraint à les conduire à travers l'espace, pensant dans leur esprit primaire qu'il serait éternellement suffisant pour diriger l'astronef.

L'homme avait les yeux hagards. L'angoisse, la souffrance physique devaient le perturber terriblement.

— Qui êtes-vous ? demanda Coqdor en haakien, encore qu'il eût déjà deviné.

— Ixtowu... Ixtowu de Haaki II... Je suis cosmopilote... et ces ordures m'ont enlevé, après avoir massacré tout mon équipage... Ils m'ont obligé... Je vous jure que je voulais résister... Ils parlent de je ne sais quel monde enchanté... où les génies les attendent pour un bonheur sans fin... Moi, je tenais à ma peau...

Alors je les ai conduits ici... Mais ici, c'est l'enfer de glace de Haaki VII...

Il était épuisé, dévoré de plaies. Coqdor lui tendit une main secourable, mais il eut un mouvement de recul, comme ces bêtes blessées et torturées qui se méfient de tout et de tous :

— Non... Laissez-moi... J'ai mal ! Horriblement mal !... Ils m'ont supplicié... avec leur saleté de bave qui fait mal... qui ronge... qui dévore...

Il était livide. La sueur ruisselait sur son visage et Coqdor ne pouvait détacher ses regards des échancrures du costume qui laissaient apparaître les abominables traces du suc humano-végétal, arme terrifiante des Torsadés.

Ixtowu demanda :

— Et vous ? Qui êtes-vous ? Vous n'êtes pas haakiens ?

— Je suis Bruno Coqdor, officier terrien. Mon camarade est Hondorôô, de Wer'l.

— Et cette femme qu'ils viennent d'amener ?

— Une fille de Wer'l, elle aussi... Que lui veulent-ils ?

Ixtowu se cacha le visage dans les mains, se mordit les poignets et dit :

— J'ai peur !... Peur pour elle ! Qu'ils lui fassent ce qu'ils m'ont fait... Tenez... Regardez !

Une pitié immense envahissait Coqdor. Comme si les déchirures n'étaient pas suffisantes, Ixtowu arrachait le haut de sa combinaison et le torse apparaissait, maculé des brûlures à l'acide. Il semblait ainsi n'être qu'une plaie.

— Je n'en peux plus !... Quand j'ai voulu

résister, moi aussi ils m'ont jeté sur la table... Et avec leurs sales petites queues qui fouettent, qui frappent, ils m'ont lacéré... et ça brûle ! Et ça ronge !...

Hondorôô comprenait vaguement, sans suivre vraiment le dialogue puisqu'il ignorait évidemment le haakien.

Mais sa fureur augmentait ; il voyait bien que, comme lui, Ixtowu avait été victime des monstres, et que Tikla était en péril.

Encore une fois, le Terrien voulut soutenir le pauvre Ixtowu mais il recula. Il voulut faire quelques pas, s'écroula près de la table, s'y cramponna, et se mit à sangloter comme un enfant martyrisé.

Coqdor regardait avec effarement le dos et les épaules où les Torsadés avaient appliqué leurs flagelles, y laissant d'horribles traces.

— Que veulent-ils à Tikla ? gronda Hondorôô.

Coqdor, redoutant ses réactions, ne répondit pas.

L'homme de Wer'l explosa :

— Je comprends... Ces abrutis vous veulent pour fétiche, pour dieu, pour je ne sais quoi... et si vous refusez, ils vont faire à Tikla ce qu'ils ont fait à ce pauvre type, ce qu'ils m'ont fait à moi !...

Coqdor ne fut pas assez prompt pour arrêter son geste cette fois et Hondorôô se mit à tirer.

Le jet d'inframauve troua les rangs des Torsadés. Coqdor aurait voulu intervenir mais il était trop tard. Quatre petits démons claudicants mordaient la poussière, partiellement désintégrés mais déjà tous les autres s'abattaient sur le pauvre compagnon de Tikla.

Impossible de le dégager. Les flagelles entraient en action. Plusieurs s'étaient enroulées autour du fulgurant qui lui était arraché des mains tandis que les autres se nouaient autour de son cou, de ses membres, le maintenant, déchiquetant les vêtements, marbrant la chair de l'infâme liquide corrosif qu'au paroxysme de la colère les Torsadés sécrétaient pour le punir, pour le neutraliser, pour le tuer.

Bruno Coqdor voulut le dégager, mais vainement. Les cris de douleur de Hondorôô emplissaient l'air. Tikla, nue, horrifiée, se tordait dans les sangles magnétiques et le malheureux Ixtowu se roulait au sol, sanglotant, saisi d'une véritable crise nerveuse en entendant hurler cette victime qui endurait ce qu'il avait lui-même déjà subi.

— Torsadés !... Ecoutez-moi, Torsadés !... J'irai avec vous ! Mais arrêtez ! Arrêtez !... Je vous l'ordonne !

Comprirent-ils ? Toujours est-il que la mêlée cessa. Coqdor avait retenu Râx pour lui éviter l'abominable contact. Et d'ailleurs Hondorôô, brûlé encore beaucoup plus qu'à la première bagarre, était bien incapable de se défendre.

Alors le Terrien releva Ixtowu.

— Au poste de pilotage ! Il le faut !

— Mais...

— Pas de temps à perdre ! Nous partons !

— Mais c'est fou !

— Je le sais... Qu'importe ! Ils vont croire que je les conduis où ils veulent être conduits... Prenez l'espace ! Tenez bon !... Une fois dans le vide... ma foi nous aviserons !

Quand le commando de Haaki-Centre parvint à Haaki VII, ses membres trouvèrent à leur grande surprise le phare désert. Coqdor avait disparu.

Un peu plus tard, dans les plaines enneigées, ils découvrirent le cosmocanot. Et aussi les traces du passage de cet astronef monté par les rebelles de Haaki II.

Et rien ni personne d'autre.

CHAPITRE VIII

Tikla leva ses beaux yeux vers Coqdor. Tous deux étaient penchés sur le chevet du malheureux Hondorôô. Ils l'avaient transporté sur une couchette et pansé ses plaies tant bien que mal. Mais, soumis à deux reprises aux horribles contacts de l'acide émis par les Torsadés, il était très mal en point.

La fièvre l'avait repris, plus violente que jamais. Il délirait et éructait quelques mots en langue wer'l, incompréhensibles pour le Terrien.

— Il est très mal, n'est-ce pas ?

Coqdor hocha la tête. Pour Tikla, c'était terrible de voir encore en péril de mort le seul de ses camarades qui eût réchappé à la fossilisation de l'astronef atteint par le microbe géant.

— Que dit-il ? demanda le chevalier après un moment. Il ne s'exprime plus en spalax...

— Des mots sans suite... Il revoit, je saisis par bribes, des scènes de sa vie passée... Mais il est surtout obsédé, je crois, par son métier, sa spécialité spatiale... L'électricité... la foudre... cela revient toujours...

Coqdor soupira.

A son sens, Hondorôô était perdu. Il ne disposait plus, comme au phare de Haaki VII, d'une installation sanitaire impeccable. Le vaisseau spatial, investi par les Torsadés, n'était guère en bon état de marche. Les médicaments manquaient, tout autant d'ailleurs que les provisions de bouche et d'eau potable. Il était de toute évidence que cette aventure ne pourrait durer indéfiniment.

Ces primitifs n'avaient eu qu'une idée : massacrer les Haakiens, fuir avec ce navire capable de partir dans l'espace. Ils n'avaient eu que la précaution de contraindre le pilote, un seul homme étant bien insuffisant pour la manœuvre. Jusque-là, tout s'était à peu près bien passé, en raison de la compétence d'Ixtowu. Seulement il était certain qu'il n'y en avait plus pour très longtemps.

Bruno Coqdor s'éloigna, à travers les couloirs du navire. Râx, qui l'attendait couché et enveloppé de ses grandes ailes, se leva à son approche, vint quêter une caresse.

Un instant, le chevalier de la Terre, flattant

machinalement la tête du pstôr, appliqua son visage à un hublot, contempla le grand vide.

Des astres apparaissaient. Etoiles lointaines ou relativement proches. Et un peu plus près encore, un point fixe, luminescent, qui était une planète.

C'était Haaki VI, une des terres du système. Un monde aride, hostile, inhabité et inhabitable.

Car Coqdor avait poussé Ixtowu à lancer le vaisseau dans l'espace, en reprenant à son insu la direction de Haaki-Centre. Mais en demeurant volontairement en plein vide.

Il lui avait suffi de dire aux Torsadés qu'il daignait les emmener vers les régions bienheureuses pour que ces brutes se contentassent d'une telle assertion.

Maintenant, ils croyaient en leur totem vivant, oubliant peut-être déjà qu'ils l'avaient contraint et menacé, en se servant d'une femme nue qu'ils s'apprêtaient à torturer en cas de refus.

A bord, la situation sanitaire était déplorable. Les Torsadés diffusaient de nature une odeur fauve. De plus, ils n'avaient aucune notion d'hygiène et se nourrissaient comme des animaux inférieurs. Le reste à l'avenant.

Tout était gâché, souillé, maculé. L'ambiance devenait insoutenable.

Cependant, Coqdor et Ixtowu avaient pu utiliser le poste radio. Ainsi, ils apprenaient que le vaisseau spatial envoyé de Haaki-Centre, après son escale sur la planète glacée, s'était lancé à la poursuite de l'astronef volé par les

Torsadés, son commandant, estimant sans grand risque de se tromper, que pour une raison inconnue les révoltés avaient kidnappé le chevalier Coqdor en compagnie de ces rescapés du navire de Wer'l qu'il avait signalés.

Maintenant, la nef des évadés naviguait en plein vide, mais à l'intérieur du système de Haaki, au-dessous de l'orbite de Haaki VII, ultime planète tournant autour du soleil tutélaire.

Coqdor était perplexe.

Il se disait qu'il lui fallait sauver Tikla, et surtout Hondorôô dont les heures semblaient comptées. Il avait aussi sans doute des devoirs envers Ixtowu, ce brave Haakien n'étant pour rien dans tout cela. Et ce vaisseau si mal en point, du moins intérieurement, était une unité de la flotte de Haaki.

Les Haakiens étaient ses alliés.

Qu'est-ce donc qui embarrassait tellement le chevalier de la Terre ? Le sort des Torsadés.

Certes, il n'avait guère de considération à avoir pour eux. Des créatures nettement primitives, bien proches du végétal, grossières figurations d'humains. De plus, leurs procédés manquaient d'élégance, c'était le moins qu'on pouvait leur reprocher.

Mais le vieux sang de la Terre bouillonnait dans ses veines. Ce peuple, si rudimentaire soit-il, était un peuple réduit en esclavage.

Avait-il le droit, en le ramenant sur une des planètes civilisées du système, de les livrer aux Haakiens ?

Il doutait même qu'on les reconduisît dans

les bagnes de Haaki II. Plus vraisemblablement les humanoïdes d'Haaki désintégreraient purement et simplement cette bande de rebelles et le tour serait joué.

Debout dans la coursive, laissant ses regards errer vers l'immensité majestueuse du Cosmos, il entendait de temps à autre le pas claudicant d'un Torsadé et un des petits monstres passait près de lui, jetant par instants ses grognements incompréhensibles pour qui n'était pas de sa race, nul n'ayant jamais pu déchiffrer cet embryon de langage.

— Coqdor...

Il tressaillit. Tikla était venue silencieusement près de lui.

Il lui sourit, un peu tristement. Cette présence le troublait légèrement, encore qu'il eût bien peu l'esprit à ce qui touchait la tendresse ou la volupté. Mais quand il la voyait, il ne pouvait s'interdire de détailler cette bouche si bien dessinée, charnue à souhait, et se souvenait de ce baiser de vie qu'il lui avait donné quand, à bord de l'astronef de pierre, il cherchait à capter un suprême signe de survie.

— Coqdor... Où sommes-nous ?

Il eut un geste vague pour répondre :

— Dans l'espace...

— Ixtowu sait-il où nous allons ?

Il la regarda et son visage se durcit soudain.

— Tikla, je vous dois la vérité : je l'ai volontairement égaré en faisant le point.

Elle ne broncha pas et dit seulement :

— Je m'en doutais. Nous devrions, si j'ai bien compris le plan approximatif du système de Haaki, foncer directement sur la plus proche des planètes habitées ou, autre hypothèse, prendre contact avec l'astronef de secours. Vous avez faussé le jeu.

Il se contenta d'approuver muettement.

— Puis-je savoir pourquoi vous avez agi ainsi ?

Alors il parla. Il dit les traditions chevaleresques de sa planète patrie, et ce respect profond de la liberté humaine.

— Vous voulez sauver les Torsadés ?

— Dans la mesure où cela me serait possible.

— Mais vous voyez bien que c'est inutile. L'astronef n'ira pas loin ainsi. Il n'y a guère de ressources à bord et tout est dans un état épouvantable. Inutile aussi d'inciter ces abrutis à se ressaisir, ils n'en sont pas capables. Et Hondorôô... Avez-vous pensé à Hondorôô ? Il se meurt...

— Je le crains, soupira Coqdor.

Les beaux yeux clairs étincelaient de colère.

— Vous le condamnez !

— Tikla !

— Parce que, au nom de je ne sais quels principes absurdes de votre monde, un monde où sans doute tous n'étaient pas de cet avis, vous jouez les grands seigneurs en faveur de ces petits démons...

Il hésitait à répondre.

Pouvait-elle oublier le traitement qu'il lui

avait infligé ? Et qu'on avait exercé un chantage aussi odieux que primaire, en menaçant de corroder son corps juvénile et désirable. Comment ne les exécrait-elle pas en songeant qu'en cas de réticence du Terrien ils l'auraient ainsi brûlée à l'acide, comme ils n'avaient pas hésité à le faire pour contraindre Ixtowu, pour en finir avec Hondorôô ?

Telle quelle, Coqdor ne pouvait s'interdire de lui trouver du piquant. Certes, au départ, depuis si peu de temps qu'ils se connaissaient, elle l'avait considéré à titre de sauveur. Mais les événements s'étaient précipités et dès à présent, il lui semblait que les sentiments élevés de Coqdor étaient peu de saison. Sans doute, sur Wer'l, avait-on un sens pratique qui dépassait de beaucoup celui de la morale.

Elle était au bord de l'invective lorsque la situation changea.

Ils s'entendirent appeler et ils virent Ixtowu arriver en courant.

Le cosmopilote haakien haletait et ses petits yeux brillaient dans son curieux petit faciès rond surmontant un corps gigantesque :

— Chevalier Coqdor... Tikla... Ils arrivent !

— Ils ? Qui cela ?

— Les nôtres !

Dans son exaltation, il disait les nôtres, parce qu'il pensait aux siens, à ses coplanétriotes les Haakiens.

Tikla serra un peu les lèvres. Coqdor demeura impassible.

— Je suppose, Ixtowu, que vous voulez parler de ce cosmocanot de secours qui avait été envoyé de Haaki-Centre pour évacuer Hondorôô et éventuellement Tikla ? Mais je me demande comment ils ont pu nous retrouver...

— Non ! Non ! Il ne s'agit pas de cette mission.

— Alors ?

— C'est un croiseur. Un de nos vaisseaux de guerre !

Il eut un gros rire, sur un mode de fausset qui contrastait avec son énormité et sa formidable musculature :

— Ah ! ces affreuses petites bêtes ne feront pas long feu...

Des Torsadés passaient, ou d'autres arrivaient en clopinant. Tous, sans doute, s'étonnaient de cette réunion des Humains, de l'exaltation du pilote qui avait abandonné son poste pour prévenir les autres de quelque chose d'important.

Ixtowu eut un rictus féroce.

— Petites saloperies... Vous n'en avez plus pour longtemps !

Tikla se taisait. Que pensait-elle ? Certainement devait-elle elle aussi se réjouir de cette intervention. Ils avaient torturé Hondorôô, qui se mourait, et avaient agi avec elle de façon immonde. Encore qu'ils soient au-dessus peut-être de la bête, elle les haïssait.

Bruno Coqdor était partagé entre des sentiments contradictoires.

Il avait volontairement rejeté l'astronef à l'intérieur de la sphère idéale représentant le système de Haaki, sphère limitée par l'orbite de Haaki VII. Il se demandait donc à juste titre comment on les avait ainsi repérés, à moins que ce ne soit que par hasard qu'ils soient détectés par les sidéroradars d'un croiseur de la flotte de Haaki.

Et que devait-il faire ? Inévitablement, l'astronef serait rejoint, circonvenu. Ce serait la mort des Torsadés.

Il lui semblait qu'il était impuissant devant le destin. Mais il n'eut pas à s'interroger plus longtemps et à se perdre dans des ratiocinages. Une lueur brève mais incroyablement vive les atteignit, pénétrant à la fois par tous les hublots et les baies du vaisseau spatial.

Les Torsadés furent pris de panique et se mirent à courir, toujours en se déhanchant, dans toutes les directions. Ce fut un désordre total et les trois Humains désorientés s'étaient précipités vers les ouvertures.

— Qu'avons-nous vu ?

— Un éclair !

— Une tempête cosmique peut-être !

— Hum... elles se déchaînent rarement au large des nébuleuses ou des zones de matière spatiale...

— Pourtant nous n'avons pas rêvé et les Torsadés ont eut une de ces frousses...

Une idée traversa Coqdor.

— Au poste de pilotage... Venez !

Ixtowu et Tikla ne comprirent peut-être pas ce qu'il voulait mais ils n'hésitèrent pas à le suivre.

— Comment cela fonctionne-t-il, Ixtowu ? J'imagine que vous avez branché le pilotage automatique ?

— Oui. Il fonctionne assez bien...

— Mais nous dérivons, je vous le fais remarquer. Il ne faudrait pas quitter les commandes d'une minute... Je sais bien, ajouta-t-il en haussant les épaules, que c'est pratiquement impossible. Laissons cela ! Et occupez-vous de l'observation !

Ixtowu manipula des appareils et un grand écran s'alluma devant eux.

Il représentait une vaste zone céleste. Mais rien d'insolite n'y apparaissait.

Coqdor avait son idée. Il se pencha à son tour sur le réglage et se mit à l'utiliser à son gré, sondant l'infini en divers azimuts.

Ce fut promptement inutile. Un second éclair, plus violent encore que le premier, secoua tout le vaisseau spatial et on entendit un peu partout les cris inarticulés mais suraigus des Torsadés en détresse, totalement affolés et qui se conduisaient comme des insectes communautaires dont un passant sadique a bouleversé le terrier.

Cette fois, ce fut pire. Le grand cockpit était totalement ébranlé et pendant une minute ou deux, tout vibra, tout fut saisi d'une sorte de frénésie qui cognait sur les crânes, atteignait l'organisme, faisait atrocement mal.

Coqdor abandonna l'écran et plongea ses regards dans le vide.

— C'est l'astronef haakien, dit-il d'une voix entrecoupée. Ils ont ouvert le feu ! Ils tirent sur nous !

Ixtowu faillit s'étrangler et Tikla devint horriblement pâle.

Les Haakiens, pensant bien avoir affaire aux Torsadés rebelles, ne faisaient pas de quartier. Ils recherchaient le vaisseau volé et tiraient sur eux sans la moindre sommation.

Ils étaient tous en péril de mort.

CHAPITRE IX

Ce n'était plus l'heure des tergiversations. En un instant, ils eurent tous changé d'attitude. Un vaisseau tirait sur eux, un tir thermique, selon un procédé propre aux Haakiens, désintégrant et fulgurant.

Ce qui était en jeu c'était le salut. Sans plus se rejeter des responsabilités réelles ou spéculatives, ils se précipitèrent vers les commandes.

Ixtowu reprit le volant en main, abandonnant l'automation qui n'avait d'ailleurs donné que de piètres résultats. Savait-il que Coqdor l'avait ramené vers le centre du système en lui faisant croire qu'on s'éloignait vers le grand vide ? Ce n'était plus en situation. En bon cosmopilote, il prenait le navire en main et y mettait toute sa science. Coqdor, lui, s'évertuait au réglage des réacteurs. Ce n'était pas une mince affaire, d'autant qu'en vérité et malgré ses innombrables voyages à travers l'immensité cosmique, il était généralement demeuré à l'écart des problèmes purement techniques.

Heureusement, Tikla, elle, collaboratrice de Hondorôô sur le vaisseau de Wer'l avait quelque habitude de ce genre de manipulations. Elle fut aussitôt d'un grand secours et à eux trois, unissant leurs efforts, ils réussirent à peu près à redresser l'astronef, à le diriger convenablement.

Il était temps. Deux ou trois coups avaient frôlé la carène et on entendait les cris insupportables de la horde des Torsadés.

Les rebelles, après s'être crus victorieux parce qu'ils avaient assassiné quelques-uns de leurs maîtres et circonvenu un pilote, sombraient dans la panique la plus totale.

Ils couraient toujours, parfaitement déphasés. Les éclairs se succédaient à travers l'espace, le navire haakien tentant d'atteindre le fugitif et chaque bordée illuminant une zone immense, y créant un fantastique arc-en-ciel, la diversité des fréquences utilisées pour cette curieuse canonnade provoquant des variétés de tons d'un très bel aspect, mais qui n'en étaient pas moins effrayantes.

Dans le poste de commandement du vaisseau des rebelles, Coqdor, Ixtowu et Tikla luttaient comme ils le pouvaient.

Mais ils se rendaient compte que leurs bonnes volontés étaient bien insuffisantes pour mener un pareil navire, surtout en plein combat. Un timonier, à la rigueur, était capable de le diriger seul en période calme, mais cela devenait parfaitement impraticable alors qu'un croiseur s'acharnait à le bombarder et que des changements incessants de direction se révélaient indispensables.

Une fois. Deux fois. Trois fois.

Tout l'astronef était envahi d'une lueur, tantôt sanglante, tantôt d'un superbe bleu indigo qui n'en était pas moins redoutable.

Trois fois les projectiles thermiques avaient touché, provoquant des avaries qui mettaient en grand danger le vaisseau et ceux qu'il emportait.

— Des réacteurs détruits !

— Le gouvernail faussé !

— Plusieurs compartiments déchiquetés... L'air respirable s'enfuit !

Ils parvinrent cependant à faire jouer un système de cloisonnement qui, analogue à celui des navires maritimes, isolait les diverses zones.

Ruisselants de sueur, épouvantés mais luttant encore, les trois survivants serraient les dents, se meurtrissaient à appuyer sur des volants qui refusaient de plus en plus de répondre, étaient par instants projetés brutalement contre les parois, le plancher, voire le plafond.

Râx était là, comme toujours, près de son maître. Il ne semblait jamais affolé, et se contentait de battre des ailes pour sauvegarder son équilibre lorsque les coups terribles portés par le croiseur haakien bouleversaient la gravitation sur le malheureux navire bombardé.

Coqdor cria :

— Tenez bon !... Je vais tenter d'entrer en contact radio avec eux !

— Ils ne voudront pas écouter, lança Tikla.

— J'essaye...

Titubant, et suivi de Râx qui se refusait à le quitter, il gagna en grandes difficultés la section radio.

Deux fois encore, entre-temps, le tir atteignit le navire, qui fit de véritables bonds dans l'espace, chavira, se redressa relativement, et poursuivit sa route un peu au hasard, les commandes étant à peu près toutes faussées et Ixtowu, en dépit de sa sapience en la matière, se sentant désormais quasi incapable de redresser la navigation.

C'était miracle si un projectile thermique n'avait pas finalement coupé l'astronef en deux. Mais les Haakiens étaient encore très loin et ne parvenaient pas à un tir très précis, ce qui sauvait relativement les fuyards.

Cependant Bruno Coqdor priait le maître du cosmos de trouver encore des appareils de sidéroradio en état de fonctionner. Ce fut le cas, et il finit par établir le contact.

— Croiseur Ki697. J'écoute.

— Ici chevalier Coqdor, allié des Haakiens. Je suis à bord du...

Par le travers un projectile frappa l'astronef. Coqdor fut lancé hors du siège du radio, se cogna, se mit à saigner violemment du nez.

Râx battait des ailes en sifflait douloureusement près de lui.

— Mon bon Râx... Ce n'est rien...

Il se traîna, perdant son sang par les narines, ce qui semblait provoquer la douleur de Râx.

Il parvint jusqu'aux appareils, tenta de nouveau le duplex.

Il eut un geste accablé. Cette fois, la radio était muette, détruite.

Coqdor, aidé par Râx sur lequel il s'appuyait, revint en chancelant au poste d'astronavigation et de commandement.

Tikla avait été violemment secouée, elle aussi. Ixtowu, assommé par le choc, s'était évanoui et la jeune femme, seule, bravement, tentait de faire face, s'évertuant à tourner des volants, à abattre et à relever des manettes.

Elle vit le Terrien couvert de sang et eut un geste de frayeur. Il fit un signe d'apaisement. Elle dit :

— Plus rien ne répond...

Haletant, il se dirigea vers un tableau et précisa :

— Ici, peut-être...

Connaissant mal la technique des Haakiens, elle demanda :

— Cela correspond à quoi ?

Il cracha un peu de sang, finit par dire :

— Subespace... On peut risquer une plongée... C'est dangereux...

Elle eut un geste évasif et jeta :

— Au point où nous en sommes...

La plongée subspatiale était toujours le dernier recours des astronefs traqués, dans toutes les constellations. Il était rare que le poursuivant, dans le risque immense de la lancée infra-vide, réussisse à rejoindre sa proie, même en effectuant une semblable manœuvre, fertile en périls et en moissons d'erreurs.

Mais une fois encore, Coqdor fut déçu. La plongée était impossible, les rouages de l'astronef craquant les uns après les autres sous les coups de l'assaillant, lequel devait avoir pour mission de détruire sans pitié ce navire, promptement identifié depuis les planètes de Haaki, et réputé investi par les Torsadés.

Sans doute les Haakiens, connaissant trop les petits monstres, avaient-ils purement et simplement décidé d'éviter tout contact avec eux afin d'éviter les ravages de l'acide sécrété par leurs organismes. Et puis, ce n'étaient que des esclaves, des êtres inférieurs. On ne s'embarrassait pas pour si peu.

Un tel mépris, cependant, n'aurait pas dû s'étendre aux humanoïdes dont on ne pouvait ignorer la présence. On savait au moins qu'Ixtowu était vivant, et qu'il était l'otage des Torsadés. D'autre part, les autorités devaient pressentir que Coqdor et aussi les survivants du vaisseau de Wer'l qu'il avait signalés se trouvaient maintenant entre les mains grossières des créatures humano-végétales.

Et pourtant, pensait le Terrien avec tristesse, on ne tient pas compte de cela.

On se débarrasse d'êtres encombrants. On tue.

Mais sur sa planète patrie, n'en avait-on donc jamais fait autant ?

Le tir avait cessé depuis un moment, il se demandait pourquoi.

Tikla, qui cherchait, elle, à observer l'espace

au moyen de l'écran réflecteur, crut en deviner la raison.

Coqdor l'aperçut qui devenait livide. Les yeux agrandis par un effroi qu'il ne détermina pas tout d'abord, la jeune femme était fascinée par ce qu'elle découvrait, mais fascinée à la manière du petit animal gracieux saisi dans l'irradiation du regard glacé du reptile.

— Tikla !...

Lui, qui se battait avec les commandes dont la plupart refusaient désormais de répondre, laissa un instant Ixtowu seul devant les tableaux partiellement inutiles et vint vers l'écran.

A son tour, il vit.

Ce qu'il n'avait jamais vu, lui, mais il devinait sans avoir besoin d'études spéciales la nature de ce qui apparaissait comme un disque immense.

Un macro-microbe !

Un de ces phénomènes incompréhensibles qui apparaissaient de façon aussi spontanée qu'inexplicable en tel ou tel point de la Galaxie.

Un globe fantastique, un monstre dévorant analogue à celui dont avait été victime l'astronef des Wer'l, ce qui expliquait mieux que tout l'horreur dont Tikla était la proie.

Coqdor avait le cœur saisi dans un étau. Non seulement l'astronef gouvernait, sinon de façon nulle du moins très médiocrement, non seulement les Haakiens, avec une barbarie aveugle n'avaient qu'une idée c'était de détruire le vaisseau fugitif pour en finir avec une poignée de Torsadés rebelles, mais encore il fallait que sur les routes infinies du ciel les malheureux se heurtassent à un pareil vampire.

Il aurait pu s'interroger longtemps, encore que ce ne fût guère son tempérament si la face des choses n'avait très vite évolué.

Ixtowu arrivait à son tour, en titubant :

— Ils ne... ils ne tirent plus sur nous !

— C'est toujours ça de gagné, fit Coqdor d'un ton amer.

Il pensait que la cessation de tir correspondait à l'apparition du globe dévorant et constata peu après qu'il ne se trompait nullement.

Parce que, désorientés, utilisant des instruments en grande partie faussés, les passagers du vaisseau perdu ne s'étaient pas très bien rendu compte de la position exacte des divers éléments de cette poursuite-combat, qui ressemblait en fait à un misérable safari spatial.

Ixtowu l'entraînait vers un hublot, hoquetant :

— Pas l'écran !... Faussé l'écran !... Le vide... Regardez !

Coqdor tendit instinctivement la main à Tikla et tous deux s'approchèrent d'un des sabords de l'astronef. Et ils virent.

Très nettement la position exacte à la fois du vaisseau de Haaki et du monstre qui apparaissait quasi spontanément, venant on ne savait d'où.

Le globe géant fonçait, à une allure insensée, sur le malheureux navire, et les Haakiens avaient désormais autre chose à faire que de continuer à canarder tranquillement la nef des fuyards.

Tikla était glacée. Elle retrouvait l'effroyable chose qui avait fossilisé son navire, tué ses compagnons dans des conditions abominables. Et c'était encore cela qui surgissait, cette fois à l'intérieur même du système de Haaki, il est vrai à une distance considérable de la première planète.

Coqdor, en homme de l'espace qu'il était, avait connu bien des phénomènes étranges, rencontré d'innombrables monstruosité. Mais il n'avait jamais vu cette sorte de bactérie titanesque et, en oubliant presque le péril insensé qui pesait à présent sur eux, il regardait.

Ainsi que Tikla et Hondorôô le lui avaient décrit, ainsi qu'il transgressait de témoignages divers glanés à travers la Galaxie, cela évoquait en effet un microbe, un de ces êtres embryonnaires que seul le microscope permet de déceler.

Si bien que la terminologie populaire s'était emparée du terme impropre ô combien ! de microbe.

Un globe. Une sphère aux dimensions énormes évoluait dans l'espace avec une agilité surprenante. De quelle couleur ? C'était indéfinissable parce que cette masse offrait un aspect sans cesse changeant. Des jaspes, des écharpes chatoyantes lui donnaient des reflets fugaces, séduisants et effrayants à la fois, engendrant des arcs-en-ciel inconnus, des éclairs de mystère.

Surtout, on avait l'impression que cela vivait, qu'il ne s'agissait pas d'un simple amas de poussière cosmique, d'une nébuleuse, d'un quelconque météore de proportions fantastiques, mais bien d'un organisme sans doute rudimentaire quant à sa contexture mais cependant animé de ce miracle permanent qui est la véritable armature du cosmos : la vie.

Une bête ? Une entité réalisée charnellement ?

Une pensée peut-être ?

Le monstre, qu'il fût mû par l'intelligence ou simplement par l'instinct mécanique, adoptait de toute façon un tactique précise.

Il fonçait sur l'astronef de Haaki, comme sans doute cela s'était produit sur le navire de Wer'l. Et aussi tous les autres vaisseaux rencontrés dans l'espace depuis l'apparition d'un tel démon.

Comme à plusieurs reprises ces macro-microbes, à ces moments-là en nombre, s'étaient abattus sur diverses planètes à travers l'univers.

Encore que les Haakiens aient agi avec eux de façon innommable, qu'ils aient tiré sur eux comme des désœuvrés se divertissent au supplice d'animaux innocents, Coqdor, Tikla et aussi Ixtowu (dont c'étaient les frères de race planétaire) se sentaient atrocement bouleversés en voyant le géant dévorant qui surplombait l'astronef, lequel semblait minuscule, dérisoire, sous un tel prédateur.

Le navire de l'espace avait cherché la fuite dans la vitesse maxima et sans doute son commandant était-il en train d'ordonner la plongée subspatiale, mais le démon l'avait gagné de vitesse et déjà on voyait naître dans la sphère formidable une sorte de tentacule, un membre grossier qui éclatait comme un bourgeon et se tendait vers le vaisseau, et l'engluait dans sa chair inexprimable.

Alors ce fut à bord la panique, la fuite.

Le sauve-qui-peut sans espoir d'un équipage terrorisé, sans doute sur le cri suprême d'un officier dépassé par l'horreur de l'événement.

Les Haakiens sautaient à l'espace par le sas.

On voyait qu'ils avaient dû endosser à la hâte les scaphandres et qu'ils se lançaient, qu'ils se jetaient littéralement au vide, sans doute sans grande conviction, persuadés les uns et les autres qu'ils ne pourraient échapper au vampire démesuré qui s'apprêtait à engloutir leur navire, pour le rejeter ensuite dévitalisé et bizarrement stratifié, comme cela se passait pour tout ce dont le macro-microbe absorbait le métabolisme avant de recracher dédaigneusement ce qu'il ne considérait plus que comme une enveloppe inutile.

La masse fantastique aspirait littéralement l'astronef et les Haakiens se dispersaient au petit bonheur dans l'espace.

Mais, au bout de deux ou trois minutes, Bruno Coqdor avait compris.

Provisoirement, ces malheureux étaient hors du péril pour l'excellente raison que la fantastique bactérie, ayant amené l'astronef à elle au moyen du gigantesque pédoncule né spontanément de sa masse, négligeait de traquer cette poussière humaine qui s'égayait à travers le vide.

— Si nous pouvions les sauver !...

Ixtowu tressaillit. C'étaient ses coplanétriotes, après tout, et il pouvait se dire que s'ils avaient tiré sur lui, sur eux, c'était aux Torsadés qu'ils en voulaient, ces Torsadés maintenant parfaitement neutralisés par la terreur, et qu'on n'entendait même plus.

Tikla, elle, ne dit rien. Elle demeurait fascinée par ce spectacle désolant et fantastique à la fois.

Alors Coqdor et Ixtowu se mirent à l'ouvrage. Un instant après, d'un pas d'automate, ils virent arriver la fille de Wer'l qui s'était décidée à les aider.

Ce n'était pas chose commode, leur navire ayant été gravement blessé par le tir des Haakiens. Cependant, le sas fonctionnait et ils estimèrent que c'était là l'essentiel.

Avec deux des rares projecteurs fonctionnant encore, ils firent des signaux. Ixtowu s'en chargea et ainsi, selon un code admis dans le monde de Haaki, il put indiquer aux malheureux lancés dans le vide qu'ils pouvaient trouver refuge à bord.

Le vaisseau gouvernait mal, de façon presque nulle. Mais les scaphandriers du vide, eux, munis de propulseurs, commencèrent à se diriger vers cette épave qui, malgré tout, représentait le salut.

Plus loin, dans l'immensité, la bactérie formidable avait absorbé provisoirement l'astronef, quitte à le recracher un peu plus tard. Après avoir mystérieusement nourri le démon, et être réduit à l'état de fossile ou assimilé, ce ne serait plus qu'un fragment de métal inutile errant à l'aventure.

Alors, tandis que le vampire se repaissait, les cosmonautes du navire bombardé, en si triste état, s'évertuaient à arracher à l'espace, au vide, au froid éternel, ceux qui si peu de temps auparavant s'étaient acharnés allègrement à leur perte.

Sans doute les scaphandriers spatiaux avaient-ils pu être surpris en décelant les signaux d'Ixtowu. Ils avaient peut-être hésité à rallier ce vaisseau, considéré comme maudit. Mais avaient-ils le choix ? L'autonomie des scaphandres permettait incontestablement une assez longue survie. Mais l'équivalent de trois ou quatre journées planétaires dans ce microcosme était un maximum.

Aussi, ne comprenant pas très bien, doutant pourtant que les Torsadés aient été capables de tels appels, les rescapés s'étaient-il les uns après les autres rendus aux signaux optiques et menés par les propulseurs jusqu'au sas du navire sauveur, encore que ce dernier fût plus près de l'épave que du fringant astronef de ligne.

Un à un, Coqdor, Ixtowu et Tikla les aidèrent à pénétrer dans le cockpit, à se débarrasser des scaphandres.

C'étaient presque toujours le même type morphologique, très semblable à Ixtowu. Comme lui, de grands gars puissants avec une petite tête chauve, des yeux enfoncés. Ils apparaissaient tout d'abord effarés de leur aventure, effarés de découvrir le Terrien et la fille de Wer'l, spécimens de races qu'ils ignoraient, et aussi le monstre Râx, si inquiétant quand on le voyait pour la première fois.

Mais par bonheur, il y avait Ixtowu et leur coplanétriote s'empressait de les rasséréner. Ainsi, une partie de l'équipage du vaisseau englouti par le monstre céleste parvint à s'échapper.

Cependant, la situation demeurait précaire. Le navire ne gouvernait pratiquement plus et les télécommunications n'étaient qu'un souvenir. La plupart des Torsadés, on s'en aperçut ensuite, avaient péri sous le tir thermique. D'autres partageaient leur sort, victimes des avaries qui avaient permis la fuite de l'air respirable.

Il n'y avait plus à bord qu'une poignée de ces misérables, lesquels malgré tout continuaient à vouer une culte à celui qu'ils prenaient pour leur totem vivant. C'est grâce à cela que Coqdor, dans les heures qui suivirent, réussit à les maintenir.

Ils avaient pu voir, après quelques heures, le fantastique macro-microbe s'évanouir aussi mystérieusement qu'il était apparu. Il laissait derrière lui, après s'être gorgé de sa vitalité, l'épave de l'astronef. On n'avait nul besoin d'y accéder pour savoir que ce n'était désormais qu'un vaisseau fossile avec sans doute à bord quelques corps stratifiés, les derniers malheureux se trouvant encore sur le navire lors du hideux contact avec le démon.

Coqdor et ses compagnons auraient pu à leur tour finir tristement si un élément qu'on avait oublié n'était venu à leur secours : le cosmocanot envoyé depuis Haaki-Centre vers Haaki VII, et qui n'avait pu constater sur la planète suprême que la disparition du veilleur de l'espace.

Le petit astronef poursuivait les recherches et les sidéroradars, balayant l'immensité céleste, avaient fini par détecter plusieurs objets occupant une zone restreinte : les deux astronefs l'un traquant l'autre, et le globe géant, la bactérie titanesque qui avait si tragiquement changé la face des choses.

Au moment où les rescapés allaient être transférés à bord du cosmocanot, Tikla appela Coqdor.

Hondorôô se mourait.

L'homme de Wer'l, terriblement brûlé par l'acide des Torsadés, n'en avait plus que pour quelques minutes.

— Il veut parler, dit Tikla. J'ai peine à le comprendre...

Le Terrien se pencha, lui aussi, sur le chevet du mourant. Mais effectivement, s'il voulait prononcer ses dernières paroles. le malheureux s'exprimait dans sa langue natale, si bien que Coqdor ne pouvait entendre.

Alors il s'efforça de le sonder psychiquement, d'utiliser ses facultés télépathiques, d'explorer ce cerveau où les ténèbres devenaient envahissantes.

Il ne saisissait pas les mots mais captait des images. Il voyait des éclairs, des fulgurances. Il lui semblait discerner des usines, des dynamos, des pylônes formidables, dans un chaos qui s'affaiblissait visuellement, qui tournait à la grisaille.

Tikla, à genoux près de Hondorôô, lui tenait la main et le regardait mourir.

Elle ne versait pas une larme. Pourtant, sa douleur semblait profonde, mais il était évident qu'elle voulait, elle aussi, recevoir l'ultime message.

Hondorôô expira, dans un dernier spasme.

Coqdor vit la fille de Wer'l qui se levait, très droite, une flamme étrange brillant dans ses grands yeux translucides.

— Il est mort, dit-elle. Mais il veut être vengé.

Le Terrien s'inclina. Tikla poursuivit, et cette phrase était lourde de conséquences pour l'avenir :

— Il savait... il avait deviné... Il m'a dit ce qu'il fallait faire... à la fois pour se protéger des monstres du ciel... et pour les détruire !...

DEUXIEME PARTIE

LE SECRET DE L'ETOILE TREMBLANTE

CHAPITRE X

Ahmkeer, pontife-roi du peuple Phtar, regardait avec dévotion Ondr'a descendre sur l'horizon.

Ahmkeer vénérait Ondr'a, maître, créateur, conservateur, fécondateur de toutes choses, divin et éternel, omnipotent et bénéfique.

Son poste de monarque et de grand prêtre l'amenait tout naturellement à idolâtrer Ondr'a. Cependant, ce soir-là, alors que l'astre glorieux s'apprêtait à prendre un repos bien gagné après avoir créé un jour encore de la planète Phtar, Ahmkeer ne pouvait s'interdire de sentir en son cœur une profonde amertume.

Ondr'a s'effaçait lentement dans des nuages qu'il empourprait, qu'il irradiait d'or et d'émeraude, dans le ciel de lapis-lazuli qui dominait la cité Phtar.

Comme toujours depuis l'éternité, il était

agité d'une vibration permanente. Ondr'a était le dieu tremblant, non de crainte (un dieu ne saurait connaître la peur) mais parce que cette particularité indiquait son état perpétuel de vie et que la vibration, les sages le savent bien, est l'indice d'une activité qui ne cesse jamais, qui ne cessera jamais, qui est l'essence même du monde.

Si bien que la planète Phtar, comme d'autres astres soumis à la puissance d'Ondr'a, existaient dans cette ambiance de léger tremblement émanant de la source même de leur raison d'être.

Ondr'a s'effaçait avec la majesté inhérente à une divinité. Et c'était déjà le crépuscule.

Mais ce ne serait pas la nuit.

Si le dieu prenait son repos, sa formidable énergie continuait à exalter l'existence de son peuple. Grâce à lui les Phtars ignoraient la nuit et ce depuis des millénaires, depuis que des savants techniciens adorant Ondr'a avaient su utiliser sa gloire, son prestigieux fluide pour alimenter leurs innombrables centrales et ainsi lutter contre les ténèbres.

Ahmkeer, face au palais où il régnait sans discussion, pouvait embrasser du regard la vaste cité où Ondr'a même quand il ne planait pas glorieusement au zénith continuait à embraser ses créatures dans le cadre de la ville géante.

D'abord il y avait le temple. Titanesque construction élevée sur une colline à l'instar du palais du Pontife-Roi, mais plus majestueuse encore. Sur les tours formidables, Ondr'a vivait.

En six points, six énormes étincelles qui ne devaient jamais s'éteindre. Six flambeaux tremblants comme le dieu indiquant que là était sa demeure sur la planète, le lieu sacré où on le vénérait, où tout un monde recevait l'insigne honneur d'être admis à l'adorer, sous la direction bien entendu de la subtile théocratie établie depuis des siècles et qui donnait tout pouvoir à une caste privilégiée prétendant toujours parler en son nom.

Ahmkeer imaginait comme s'il le voyait, dans la crypte géante, l'autel fantastique sur lequel il plaisait parfois à la divinité (et surtout à ses prêtres) de se manifester sous la forme immuable d'une étincelle monstre, dix fois plus brillante que les six flambeaux des tours et tremblante comme eux. Comme l'était Ondr'a de toute éternité.

Et il y avait la ville. Et les autres cités de la planète.

Et les ports, les aérodromes et les astrodromes. Et les usines, les centrales, les ateliers, les salles de jeux et de spectacle, les écoles et les stades et tout ce qui est inhérent à la vie sociale. Comme dans la plus humble des demeures, aussi bien que dans le plus riche palais Ondr'a était présent.

Sang ardent d'un monde, il dynamisait la formidable centrale comme le petit gadget de la cuisine, le jouet comme l'orgueilleux astronef qui partait à la conquête des Galaxies.

Ondr'a était dieu et Ahmkeer était son prophète élu.

Mais Ahmkeer avait le cœur atrocement serré.

Car Ondr'a était un dieu exigeant et cruel. Ondr'a était semblable à ce Moloch lui aussi personnification d'un astre tutélaire, que certains Terriens avaient vénéré dans des époques reculées.

D'ailleurs Ahmkeer ignorait Moloch et Carthage et bien autre chose de la planète Terre. Il n'en subissait pas moins un supplice analogue à celui qu'avaient connu les dignitaires de cette cité antique.

Une fois l'an, une cérémonie avait lieu dans le grand temple des Phtars.

Treize jeunes garçons, treize jeunes filles, issus les uns et les autres des plus nobles familles de Phtar étaient alors voués au dieu pour l'éternité.

Oh ! certes, on ne les immolait pas sur l'autel où Ondr'a daignait apparaître. Ils ne subissaient aucun sévice, n'étaient ni égorgés ni brûlés, ces coutumes barbares ayant été dès longtemps bannies de la planète.

Mais, choisis parmi les sujets les plus beaux, les plus sains, après une sélection rigoureuse et un examen de santé particulièrement minutieux, ces impétrants, considérant ce destin comme le plus honorifique qui soit, allaient prendre rang parmi l'élite de l'armée de Phtar, pour la plus grande gloire d'Ondr'a.

Que se passait-il alors ? Le peuple ne le savait qu'imparfaitement et il était d'ailleurs interdit de divulguer le procédé utilisé par les initiés pour obtenir la mystérieuse métamorphose de ces vingt-six jeunes gens.

On chuchotait qu'ils étaient soumis à des expériences extraordinaires. Certes, la cérémonie se déroulait en public dans ce vaste temple où dix mille personnes avaient accès. Mais si on pouvait y voir Ondr'a apparaître, si les rites étaient accomplis selon les règles millénaires, il n'en était pas moins vrai que le secret le plus complet régnait sur ce qui se passait ensuite, dans le mystère sacro-saint du temple. Un temple qui en la circonstance devenait bien plutôt un laboratoire.

Ensuite... Filles et garçons devenaient génétiquement stériles, voués à un célibat perpétuel.

Leur vie, d'ailleurs, risquait de ne pas être bien longue. Les Phtars, en effet étaient en lutte incessante, d'abord avec des peuples primitifs qui refusaient depuis toujours sur la planète la domination de cette race évoluée, ensuite contre un satellite colonisé qui avait déclaré son indépendance, contre les mondes relativement proches d'Igbad et de Stohim'r, sans compter les nombreux pirates maritimes, terrestres, voire spatiaux qui écumaient les océans, les régions plus ou moins désertes et jusqu'à l'espace du système d'Ondr'a.

L'armée avait fort à faire. Aussi ses formations les plus efficaces étaient-elles assurées par ce corps d'élite qui augmentait de vingt-six unités chaque année à la grande fête religieuse d'Ondr'a.

Ces garçons et les filles de l'aristocratie qui

avaient accès au rang d'Ym-Phtar, caste universellement respectée, devenaient des soldats d'une efficacité sans égale. Le dieu était en eux.

Il combattait avec eux, émanait de leurs corps, vivait de leur vie, luttait de leur lutte.

Pourtant, en apparence, les jeunes gens demeuraient égaux à eux-mêmes. On ne percevait seulement qu'une flamme étrange dans leur comportement. Etait-ce en raison du traitement qu'ils avaient subi, ou seulement parce qu'ils avaient conscience de faire corps avec la divinité ? Toujours était-il qu'ils étaient, pour leurs ennemis, des adversaires redoutables et qu'une poignée d'Ym-Phtars valait aisément l'armée entière.

Ils n'en demeuraient pas moins vulnérables et tous leurs antagonistes, guerriers d'autres mondes, forbans de tout poil, barbares et sauvages, cherchaient par tous les moyens, fût-ce au péril de leur vie, à abattre ces guerriers et ces guerrières exceptionnels.

Les rangs des Ym-Phtars étaient donc fréquemment décimés. Mais, chaque année, l'élite des familles de Phtar fournissait un nouveau contingent. Après les arcanes de l'initiation, les juvéniles récipiendaires étaient soumis à des études spéciales, à un entraînement hautement poussé afin de les préparer à ce rôle prépondérant en ce qui concernait la défense et la sécurité des adorateurs d'Ondr'a.

Ondr'a qui disparaissait à l'horizon, dans une dernière flambée d'orgueil.

Ahmkeer rêvait.

Mhala, sa fille, son unique enfant, allait prendre rang parmi les Ym-Phtars.

Elle avait dix-sept ans. Elle était belle, forte, sportive. Vierge.

Le collège des sages l'avait désignée et son père, quoi qu'il en pensât, n'avait pu que s'incliner.

Mhala, idéaliste comme la majorité des patriciennes de Phtar, avait accepté son destin avec une satisfaction intense.

Le père songeait à tout cela, Mhala allait être perdue pour lui et il ne caresserait plus l'espoir de lui voir un époux jeune et beau, et une postérité qui l'eût ravi, lui solitaire depuis la disparition d'une épouse adorée.

Mhala serait une guerrière, elle s'unirait au dieu pour combattre les ennemis de Phtar et en purger l'univers. Puis elle périrait, comme tous les autres, dans quelque glorieuse bataille, peut-être dans un duel démentiel.

Les derniers rayons d'Ondr'a parvenaient à Ahmkeer. Il imaginait, là-bas, dans ces lueurs suprêmes, les âmes qui avaient rejoint le démiurge et parmi elles, au premier rang, celles des Ym-Phtars.

Parmi lesquelles un jour plus ou moins proche Mhala prendrait place à son tour, Mhala sa fille, perdue pour lui sur la planète, perdue dans l'éternité...

Ondr'a avait disparu. Mais ce n'était pas la nuit pour cela. Toute la ville s'embrasait.

Le sang du dieu était partout. Projecteurs, phares, balises, arcs, milliards de lampes, de tubes, de globes, de cylindres, d'icosaèdres et et de pyramides de lumière animés par le divin fluide annihilaient l'obscur.

Une marée vivante et tremblante déferlait sur la gigantesque cité, unissant ses splendeurs à la force des six étincelles monstres brillant sur les six tours du temple.

L'appel, discret mais bien net, fit tressaillir le pontife-roi, l'arracha à sa mélancolique rêverie.

C'était par Ondr'a, encore. Une vibration qui l'atteignait avec délicatesse pour ne pas l'offenser mais qui lui indiquait un messager, une demande d'audience.

Il regarda vers une sorte de polyèdre de cristal qui s'élevait sur la terrasse où il se tenait.

— Que veut-on ?

Le sang d'Ondr'a déferla dans le prisme et un dignitaire parut.

— Sérénissime... Un grave incident ! expliqua-t-il.

— Que se passe-t-il ?

— Cela frise le sacrilège, Sérénissime. Et peut-être, sur un autre plan, s'agit-il d'une grave affaire d'espionnage.

— J'attends vos explications.

La milice spatiale, disposant de cosmavisos qui croisaient en permanence autour de la planète et détectaient tout vaisseau ami ou ennemi, venait d'arraisonner un petit astronef mis en orbite sur une parole calculée de façon à éviter l'itinéraire des surveillants. Mais le sidéroradar avait déjoué cette astice.

L'équipage du vaisseau, se prétendant appartenir au monde de Haaki (soit de la constellation du Verseau) interrogé psychiquement avouait avoir débarqué de façon clandestine trois individus, deux hommes et une femme, lesquels venaient à Phtar dans un but connu d'eux seuls.

— Ce but... Il faut savoir ! gronda le pontife-roi.

— On interroge les membres de l'équipage. Petit à petit, nous sommes convaincus qu'ils ignorent effectivement le rôle exact de cette curieuse mission. Ils ont reçu ordre d'amener ces gens à travers l'espace, de les débarquer chez nous, et de les attendre passivement. Il semble que cela soit vrai...

— J'xige qu'on retrouve et qu'on arrête ce trio d'espions !

— Voilà qui est fait, Sérénissime, fit le dignitaire en s'inclinant, dissimulant un sourire.

Le visage furieux du pontife-roi se détendit un peu.

— Bien. Comment cela s'est-il passé ?

Le messager parut cette fois quelque peu embarrassée.

— C'est que, Seigneur Ahmkeer, il y a eu la circonstance profanation. Nos dévoués miliciens ont arrêté cette femme et ses compagnons... j'ose à peine vous l'avouer... alors qu'ils... qu'ils pénétraient dans le temple !

— Tonnerre d'Ondr'a ! Mais le temple est souillé !... Demain... la grande cérémonie... Je châtierai sans pitié les responsables, ceux qui n'ont pas su préserver l'enceinte sacrée !...

Ahmkeer allait et venait sur la terrasse, dans

le flamboiement des millions de lumières tremblant au sang d'Ondr'a. Il proférait des menaces, tant envers les profanateurs inconnus que contre les prêtres et les guerriers qui avaient démontré pareille carence.

Le messager laissa passer l'orage.

— Sérénissime, reprit-il, je dois aussi vous dire que les espions ont été intercepté alors qu'ils n'avaient pas encore foulé de leurs pieds infâmes les dalles immaculées cernant l'autel d'Ondr'a... Que Sa bénédiction soit sur nous !

Ahmkeer, quelque peu apaisé, se tut un instant.

— Ces gens ont-ils parlé ?

— Aux premières nouvelles, ils assurent venir en scientifiques, au nom des planètes haakiennes...

— Haaki ?... Il me semble... Ce monde est lointain... Très lointain...

— Et nous n'entretenons aucune relation avec lui, jusqu'à nouvel ordre, dit le dignitaire. Ils ont peut-être raison, sont peut-être sincères.

— Les a-t-on sondés psychiquement, comme leurs cosmatelots ?

— Pas encore. L'arraisonnement de l'astronef remonte à plusieurs heures...

— Et j'en suis seulement alerté !

— Les Sages ne voulaient pas troubler votre auguste méditation, si peu de temps avant la grande cérémonie... De toute façon, se hâta d'ajouter l'interlocuteur du pontife-roi, on vient seulement de mettre la main sur les présumés espions, il y a moins d'un quart d'heure.

— Bien. Je veux voir ces gens.

— Qu'il soit fait selon votre désir, Seigneur Ahkmeer...

L'image parlante du dignitaire disparut.

Aussitôt, sur le grand cristal, Akhmeer vit apparaître furtivement les reflets de Sages et de guerriers. Puis les ondes lui amenèrent la vision d'un homme d'une race qu'il ne connaissait pas.

Un cosmatelot certainement, son faciès portant ce bronzage si particulier de celui qui a longtemps bourlingué aux millions de soleils galactiques. Mais l'homme était grand, puissant, massif. En revanche, il avait une toute petite tête parfaitement chauve, avec des yeux très enfoncés dans les orbites.

Ahkmeer l'examina longuement, sans rien dire. Puis il ordonna qu'on lui montrât les autres prisonniers.

Il vit alors un homme de trente-cinq ans environ. Grand, mince de taille et large d'épaules. Le visage était régulier, avec un nez droit, des cheveux d'un blond foncé, bouclés mais coupés court. On remarquait surtout le regard, d'un vert profond, des yeux scrutateurs mais sans dureté, exprimant autant une compréhension accusée qu'une ironie légère.

Ahkmeer ne dit rien mais plissa les lèvres. Il lui semblait qu'il s'agissait d'un Terrien. Il avait eu l'occasion de connaître certains de ces extra-planétaires lors d'un voyage dans les planètes de Cassiopée.

D'un geste, il indiqua qu'on effaçât l'image.

Le troisième captif parut. Une femme cette fois.

Akhmeer tressaillit en l'examinant.

Elle appartenait certainement à une race différente de celles des deux homms. Jeune, belle, bien faite, mais...

Le pontife-roi sentait son cœur battre à coups redoublés.

Cette beauté brune aux yeux clairs, par quel caprice d'Ondr'a lui était-elle subitement envoyée ?

Cette fille venue d'il ne savait quel univers ressemblait étrangement à l'enfant si chère, à Mhala, à Mhala qui devait, le lendemain, lui être arrachée à jamais pour le service sanglant du dieu.

Un long moment, il la contempla. Une voix timide demanda si on pouvait interrompre l'émission et il acquiesça du geste, incapable de prononcer une parole.

Des pensées bouillonnantes montaient en lui. Un projet insensé venait de prendre naissance et l'emplissait, le submergeait de toute sa puissance démente.

La voix du speaker reprenait :

— Un détail, Sérénissime... Les espions étaient accompagnés d'un monstre qui paraît apprivoisé et a donné du fil à retordre aux miliciens qui ont procédé à l'arrestation. Il s'agit d'une sorte d'hybride, de race inconnue, qui a tué...

Ahkmeer pontife-roi de Phtar, prêtre suprême du dieu Ondr'a, n'écoutait plus.

Abandonnant le grand cristal, il se hâtait

vers les gynécée du palais, là où les matrones et les servantes préparaient dévotement Mhala, comme douze autres adolescentes dans la cité, comme treize éphèbes, pour la grande cérémonie d'intronisation des Ym-Phtars...

CHAPITRE XI

— Assez !... Assez !... Je ne veux plus... Je ne veux plus voir... ça me rend dingue... Dingue que je vais devenir !... Cette lumière... Toujours cette lumière... Cette lumière qui tremble et qui ne s'éteint jamais... Je ne veux plus !... Je veux foutre le camp ! Foutre le camp d'ici... Je ne veux plus...

L'homme hurlait.

Il était nu. Un colosse aux muscles incroyablement puissants. Et une petite tête glabre avec des yeux enfoncés profondément, à tel point qu'on les distinguait à peine.

Et sur ses épaules, son torse, tout son corps, de méchantes cicatrices toutes fraîches, comme si cet homme avait été brûlé par endroits avec un acide.

Il se débattait, hurlait mais curieusement sa voix était aigrelette et démentait sa force bestiale..

Une voix virile, calme, quoique légèrement altérée, prononça :

— Taisez-vous, Ixtowu... Reposez-vous, mon vieux... Tout cela ne sert à rien !

Celui qu'on avait appelé Ixtowu parut frappé. Il cessa de vociférer et de se débattre et s'abattit sur une sorte de cube qui servait de siège. Il demeura là, prostré, un bon moment.

Il soupira, murmura :

— Coqdor... Je perds la raison...

— Il ne faut pas, justement. Si nous voulons sortir d'ici !

Le colosse bondit sur ses pieds et la crise parut le reprendre :

— Sortir !... Nous ne sortirons jamais... Nous sommes prisonniers... Et de quelle prison !... Comment sortir ?... Ce n'est pas possible... Pas possible...

Coqdor vint vers lui, lui tapa sur l'épaule.

— Ixtowu... Conduisez-vous comme un homme !

Ixtowu le regarda un instant, haussa les épaules et alla s'asseoir de nouveau.

Coqdor reprit sa méditation, après s'être étendu sur une couchette suspendue sur l'invisible. Et tout ce qui conditionnait leur prison était ainsi conditionné. Et tout dépendait du fluide mystérieux, du sang du dieu Ondr'a.

Coqdor était nu, lui aussi. Les prisonniers de Phtar devaient être soumis à cette règle. On leur avait tout ôté : vêtements et équipement. Seulement le chevalier de la Terre était inquiet pour une autre raison.

Qu'était devenue Tikla ?

On les avait séparés. Et d'autre part on lui avait enlevé Râx. Il se disait avec juste raison que Tikla, qui appartenait à la race humaine, pouvait être encore vivante, tout comme Ixtowu et lui-même. Mais le pstôr ?

Dans l'attaque des guerriers qui les avaient arrêtés, le monstre ailé avait abattu deux hommes, crocs et griffes en avant pour tenter de sauver son maître. Il avait promptement été maîtrisé comme les deux hommes et la jeune femme par un réseau invisible en lequel Coqdor avait deviné des ondes de force, une application particulière de l'énergie. D'ailleurs, maintenant, il comprenait que tout, sur Phtar, relevait de ce que les planétaires appelaient le sang du dieu et qui était tout bonnement l'électricité.

Ils se trouvaient dans les profondeurs d'un immense puits. Une sorte d'oubliette par la forme. Un gouffre dont les parois avaient bien trente mètres de hauteur. Au fond, une installation sommaire encore que très propre. Les couchettes en sustentation sur ondes. Un lavabo où tout fonctionnait sans eau mais avec des rayons décapants étrangement actifs. Une tablette où les rations de nourriture étaient amenées automatiquement à intervalles réguliers, sans doute deux fois par rotation de la planète estimait le Terrien.

Ce qui importait, c'étaient les parois.

Un mur circulaire. Mais quel mur ! A la palpation on trouvait une surface assez dure sous le doigt. Une paroi indéfinissable mais intangible. Sa couleur ? Très inconstante. Des lueurs vagues y glissaient si bien qu'on pouvait se croire plongé au sein d'une sorte d'aquarium. Mais il n'y avait pas à se tromper, il s'agissait d'un champ de force, un véritable mur électrique, qu'il était utopique de songer à franchir.

Au-dessus c'était autre chose. Le puits paraissait fermé par une coupole, très certainement de nature analogue, mais qui s'ouvrait parfois. On apercevait alors des visages qui se penchaient et observaient les captifs. Coqdor pensait d'ailleurs que les Phtars disposaient d'autres moyens et que des yeux électriques devaient, en permanence, surveiller leur comportement.

A plusieurs reprises, et cela constituait la preuve, Ixtowu ayant tenté de tout démolir, s'était trouvé subitement immobilisé par un réseau évidemment analogue à celui qui avait servi à leur capture. Le géant, furieux, avait eu beau se débattre et éructer, l'étreinte de cette pieuvre invisible avait duré jusqu'au moment où il avait enfin consenti, sur les injonctions de son compagnon, à se tenir tranquille.

Mais, par-dessus tout, ce qu'on trouvait pénible, c'était la luminescence générale.

Car les parois, comme la coupole, comme le plancher même — ce dernier taillé dans une matière inconnue — irradiaient légèrement.

Il n'y avait jamais de changement dans la fréquence et des fluorescences glissant au long du mur d'enceinte n'ajoutaient pas grand-chose à l'éclairement général.

Seulement, les prisonniers étaient torturés

par le fait que cette lumière n'était pas fixe. On vivait dans un tremblement lumineux perpétuel, insignifiant certes, mais qui, à la longue, agissait terriblement sur les nerfs par une sorte d'infiltration insidieuse.

Coqdor s'efforçait de tenir bon mais le Haakien, lui, encore qu'il se soit porté volontaire pour l'étrange mission vers Phtar, était en dépit de sa force au bout de la résistance psychique.

Comment étaient-ils venus en ce monde ? Tikla avait tout mis en route et proposé aux autorités de Haaki une étrange solution au problème des macro-microbes dès qu'ils avaient été rapatriés à Haaki-Centre.

La jeune femme se basait sur la révélation suprême de Hondorôô. Le mourant, expert en technicité des applications de l'électricité, avait longuement réfléchi à un phénomène exceptionnel : son salut et celui de Tikla à bord d'un astronef atteint par le monstre du ciel, dévitalisé et rejeté en état de fossilisation.

Coqdor, veilleur de la dernière planète, avait réussi à les arracher tous les deux à la gangue minérale. Mais ils étaient intacts à l'intérieur, alors que tous leurs compagnons avaient péri, la fossilisation faisant corps avec leurs organismes.

Hondorôô avait abouti à ceci : c'était l'étincelle électrique éclatant dans leur poste au moment de l'attaque de la titanesque bactérie qui les avait préservés.

Partant de ce point de vue il en avait déduit que l'énergie électrique, qu'il avait fréquentée toute sa vie, restait le rempart idéal contre les démons globoïdes qui désolaient la Galaxie.

Encore fallait-il trouver une puissance dynamique suffisante pour entamer la lutte. Construire éventuellement des astronefs géants, engager le combat sur une échelle gigantesque, tous moyens qui demanderaient du temps, beaucoup de temps, et un déploiement insensé de techniques, de main-dœuvre, d'effectifs, etc.

C'était là que Hondorôô avait suggéré à Tikla ce qui lui paraissait une solution peut-être empirique, mais cependant qui valait la peine d'être étudiée.

Chercher le secret de ce qu'on appelait, dans le monde de Wer'l dont ils étaient originaires, l'étoile tremblante.

Longuement, Tikla avait développé sa théorie, écoutée avec attention par les plus hauts personnages politiques et scientifiques de Haaki.

Finalement, on avait reculé devant les modalités d'une véritable expédition, voire d'une tentative de contact avec la puissance régnant sur la planète Phtar, d'ailleurs jusque-là inconnue des Haakiens, si elle était relativement étudiée par ceux de Wer'l.

On était au bord du refus. C'est alors que Tikla, avec l'acharnement que met une femme à venir à ses fins, avait tout bonnement proposé d'aller étudier la question sur place, pour peu qu'on mît un petit vaisseau spatial à sa disposition pour le transfert.

Autrement dit : une banale mission d'espionnage.

Elle espérait ainsi convaincre par la suite les Haakiens. Ces derniers, en effet, savaient que le péril demeurait imminent. Les vampires célestes risquaient de se manifester de nouveau. Qu'arriverait-il s'ils s'en prenaient cette fois à une planète entière, comme cela s'était produit déjà à plusieurs reprises dans le Cosmos ?

Bruno Coqdor, toujours prêt à aller au bout des missions périlleuses, et qui avait le souci de compenser son semblant d'abandon de poste sur Haaki VII où une petite expédition l'avait remplacé, s'offrit à soutenir la fille de Wer'l. Sa réputation était certaine et les Haakiens, ainsi ébranlés, consentirent.

Ixtowu, qui s'était en quelque sorte attaché à ses compagnons d'aventures, demanda à être du projet. On le lui accorda sans trop de peine. Un petit navire spatial fut alors chargé de les déposer discrètement sur ce monde bizarre, quitte à les rembarquer lorsque les « espions », car il s'agissait bien de cela, appelleraient par radio.

On sait que tout ce bel édifice était largement compromis, les trois audacieux avec le pstôr qui les accompagnait ayant été arrêtés tandis que le vaisseau spatial tombait à son tour aux mains des représentants de la flotte de Phtar.

Bruno Coqdor, sur sa couchette pensait à tout cela, tandis que Ixtowu, un peu calmé, s'était lui aussi jeté sur son lit.

Se basant sur les connaissances héritées de Wer'l et surtout du malheureux Hondorôô victime des Torsadés, Tikla avait pu guider la mission vers l'étoile tremblante connue, du moins de façon relative, de ses coplanétriotes.

Un soleil étrange, vibrant sans cesse, unique sans doute à travers l'univers.

Un astre qui, estimait-on, était non une boule incandescente comme ses sœurs les étoiles, mais bel et bien un soleil constitué par une fanstastique concentration d'énergie électrique. Un soleil qui n'était en fait qu'une monstrueuse étincelle.

La plus énorme réserve électrique existant dans l'espace-temps.

Ensuite... On savait vaguement que les Phtars utilisaient au maximum cette fantastique source énergétique, ce potentiel inépuisable. Tout chez eux, relevait du fluide et ils possédaient, assurait la légende glanée par les cosmonautes et les traîneurs de ports spatiaux, un secret millénaire permettant une sublimation inconnue d'une telle richesse naturelle.

C'était pour percer ce secret qui Tikla, Coqdor et Ixtowu avaient fini par tomber aux mains des Phtars, sans grand espoir désormais de le ramener sur Haaki et d'aider les Haakiens et avec eux toutes les puissances galactiques à venir à bout des bactéries démentielles qui dévoraient les astres.

Il fut tiré de sa songerie par un bruit qui lui était déjà familier. Au-dessus de lui la coupole-champ de force s'entrouvrait.

Il leva les yeux, sans bouger de sa couche.

Ce n'était pas l'heure du repas, où d'ailleurs un système d'automation amenait les aliments sans que quiconque parût.

Il vit, là-haut, plusieurs visages, entendit vaguement qu'on discutait.

Puis il eut un certain mouvement et le chevalier vit apparaître une sorte de plaque métallique très brillante. Il ne comprit pas tout d'abord mais tressaillit quand il la vit qui paraissait descendre vers lui.

Il comprit. C'était un semblant d'ascenseur et il y avait quelqu'un sur la plaque. Quelqu'un qui venait vers les captifs.

Ixtowu s'était relevé, lui aussi. Les poings serrés, il attendait.

Coqdor le devina : le colosse, exaspéré par sa détention dans ce cercle où régnait l'infernale lumière oscillante, s'apprêtait à faire un mauvais parti à celui qui osait ainsi descendre pour peut-être les narguer.

Le Terrien se disposait à intervenir, à prononcer quelques paroles apaisantes. Inutile de provoquer gratuitement l'ennemi, encore que ce soit au nom d'une légitime mauvaise humeur.

Son action était inutile. Les Phtars avaient dû pressentir eux aussi la réaction d'Ixtowu : le colosse se mit à rager, de sa petite voix ridicule, parce que les liens invisibles venaient de s'abattre sur lui et le maintenaient.

Coqdor se leva et lui aussi fut saisi dans l'incompréhensible étau. Du moins gardant son sang-froid, offrit une attitude sereine alors que le Haakien bavait de fureur.

La plate-forme, soutenue de toute évidence par des ondes de force, arriva en douceur au sol.

Une seule personne se trouvait installée dessus.

Une femme.

Bruno Coqdor et Ixtowu eurent la même impression heureuse :

— Tikla !...

Mais, tout de suite, ils comprirent leur erreur. Non, ce n'était pas Tikla. C'était incontestablement une fille de Phtar, dignitaire si on en jugeait par la richesse de sa tenue.

Et pourtant, elle ressemblait à Tikla. C'était à peu près le même visage délicatement ovale, les yeux clairs, les cheveux sombres. La taille, le maintien, rappelaient de beaucoup la fille de Wer'l si bien qu'au premier abord on pouvait aisément les prendre l'une pour l'autre.

Mais il s'agissait d'une fille de Phtar. Elle regarda un instant les deux hommes nus, invisiblement mais solidement enchaînés. Rien ne transgressait de sa pensée sur son visage impassible.

Puis elle ajusta, sur son front, une sorte de bandeau métallique. Là encore le fluide dominateur du monde d'Ondr'a avait été subtilement utilisé.

C'était un transmetteur de pensée capable de traduction spontanée de toute langue inconnue de l'utilisateur.

Et quand elle eut profondément sondé les captifs, cette fille commença à leur parler, s'exprimant dans le code universel Spalax, qui n'avait pas encore pénétré jusqu'à Phtar, mais qu'elle détectait spontanément dans leurs cerveaux.

CHAPITRE XII

Coqdor la détaillait. Elle évoquait effectivement beaucoup Tikla. Un peu plus sportive peut-être, encore qu'elle fût certainement très jeune. Elle portait une tenue quasi masculine, du moins en ce qui concernait le pantalon qui la moulait. Mais la tunique enserrant le torse laissait curieusement les seins dégagés, une poitrine juvénile et ferme, déjà bien ronde. Si le Terrien y portait irrésisitiblement son regard, il en était bien sûr de même pour le Haakien.

Le gigantesque Ixtowu, en dépit de la situation critique qui était la leur, ne pouvait s'interdire d'avoir la gorge sèche en cette capiteuse présence.

Le costume de la fille de Phtar était entièrement constitué de larges écailles faites d'une matière inconnue, aux reflets soyeux et changeants. Mais on devinait qu'il s'agissait autant d'une parure que d'un rempart, cette particularité devant résister à bien des coups, ce qui contrastait avec l'impudeur de la gorge audacieusement offerte.

En somme, une fille hors série, parée de surcroît de bijoux, jetant des feux, et qui devaient être façonnés avec des gemmes précieuses inconnues des autres mondes.

Bruno Coqdor attendait, debout comme il sied quand une femme se présente, mais sans servilité apparente. Ixtowu, lui mal à l'aise se mordait les lèvres tant il était troublé par la désirable créature.

Cependant, elle avait prononcé, pour attaquer sans **détours** :

— Je suis venue pour vous offrir le salut.

Coqdor s'inclina légèrement.

— Puis-je savoir, belle enfant, à quel prix est ce salut ?

Il avait touché juste ; il vit un éclair dans l'œil clair. Sans doute n'avait-elle pas l'habitude, étant incontestablement de haut rang, de se sentir traitée avec désinvolture, surtout par ses subordonnés et encore moins par un prisonnier d'Etat qui n'était après tout à ses yeux qu'un vulgaire espion.

— Qui êtes-vous donc ? demanda-t-elle avec hauteur.

— Mais de simples explorateurs de l'espace. Notre vaisseau a repéré l'étoile tremblante. Nous avons débarqué en votre monde et nous sommes dirigés vers votre cité. Nous avons pu, dans une foule dense, passer inaperçus et c'est ainsi que nous avons admiré une construction qui est certainement un temple...

— La demeure mille fois sacrée d'Ondr'a, dieu créateur et maître du grand tout !...

Coqdor salua :

— Là, nous avons été apréhendés avec brutalité et.. nous nous sommes défendus !

— Le monstre qui vous suivait a tué deux de nos hommes !

— Coryez que je le déplore, mademoiselle. Mais il eût été si simple de nous interpeller... disons avec plus de déférence, plus de douceur !

— Vous êtes des espions !

— Si vous en êtes si sûre...

Ixtowu suivait la conversation, un peu trop subtile, un peu trop rapide pour lui.

Il voyait bien que le Terrien, par son calme et sa douce raillerie, désarçonnait l'orgueilleuse créature. Et l'homme de Haaki se demandait si cela n'allait pas mal très mal finir pour eux, dans le cas où la belle, évidemment très haut placée en la hiérarchie de Phtar, prendrait la chose avec mauvaise humeur.

— Oui, reprit la jeune fille, je sais vos desseins. Vous avez profané le temple d'Ondr'a...

— Par inadvertance seulement.

— La souillure n'en existe pas moins !

— Coment réparer ce sacrilège ?

— Dans le sang des coupables, c'est la loi !

— Dans ce cas, fit tranquillement Coqdor, je ne vois pas pourquoi nous discutons, puisque de toute façon vous nous promettez un supplice prochain...

La colère devait monter en elle. Jamais elle ne s'était attendue à semblable ironie.

— Je vous dis que vous allez mourir. Et vous le prenez aussi légèrement !

— Vous voulez que je vous supplie ?

Elle eut un geste bref pour dire :

— Arrêtons ! Nous parlons dans le vide !

— C'est tout à fait mon avis. Mais comme j'imagine que vous n'êtes pas venue ici pour nous signifier un jugement... d'ailleurs fait d'avance d'après vos dires, il serait préférable d'aller au fait !

— Ne vous ai-je pas dit que je pouvais vous sauver ?

— Et moi, ne vous ai-je pas demandé : à quel prix ?

Ils se défiaient du regard. Elle tenait bon mais n'en était pas moins embarrassée sous les yeux verts de Coqdor, ses yeux de voyant, de télépathe, qui avaient percé tant de secrets.

— Mon père, le Sérénissime pontife-roi de Phtar, a... conçu un dessein. Pour ce faire, il lui a plu d'utiliser votre compagne...

— Tikla ! s'écrièrent les deux hommes en même temps. Elle vit ?

Elle les regarda à tour de rôle et dit lentement :

— Oui. Elle vit. Elle vivra. Il le faut !

— Voilà une bonne nouvelle. Si nous mourons, elle au moins sera préservée !

Lentement, la jeune fille reprit :

— Par la volonté du pontife-roi, vous serez épargnés. Je ne puis encore vous dire pourquoi... Ne m'interrogez pas, coupa-t-elle en voyant que Coqdor allait parler. Je dois cependant, avant de vous libérer, exiger de vous un serment...

— S'il ne s'agit pas d'aller contre l'honneur, je suis à vos ordres !

— Serez-vous sincères ?

— Lui comme moi. D'ailleurs, charmante demoiselle, nous avons déjà été interrogés par vos... vos coplanétriotes. Et nous avons été soumis à certains appareils que je ne connais pas, mais qui doivent avoir pour but de détecter le mensonge. Et comme je pressens que vous êtes au courant des résultats de ce sondage, vous devez savoir que nous sommes venus ici pour étudier l'étoile tremblante et ses effets sur une civilisation qui rend hommage à son dieu en utilisant l'énergie qu'il met généreusement à sa disposition... Il n'y a pas là grand crime...

— Pourquoi alors cette arrivée clandestine ? Il eût été si simple de demander audience au pontife-roi !

— Qui vous dit que ce n'était pas notre intention ? Mais nous avons été arrêtés avec si peu d'amabilité que nous avons douté de l'hospitalité des Phtars !

Elle tapa du pied avec colère.

— Assez de sottises ! Il est encore temps de vous laisser exécuter !

— Mais dans ce cas, le pontife-roi, votre auguste père, ne pourrait aller jusqu'au bout de ses projets, si je vous ai bien comprise !

— Assez ! Assez ! Voulez-vous sortir d'ici, l'un comme l'autre ?

— Nous le souhaitons, n'en doutez pas !

— Jurez-moi donc que, quoi qu'il advienne, vous ne tenterez jamais rien, en aucun cas, contre le monde de Phtar, contre le pontife-roi, contre notre peuple, contre le dieu Ondr'a...

Nullement gêné dans sa nudité, il était fervent de naturisme, Bruno Coqdor leva la tête et la regarda bien en face.

— Je suis le chevalier Coqdor, noble demoiselle. Je suis né sur la planète Terre, une planète particulièrement féconde, bénie d'un Dieu qui est aussi le vôtre encore que vous ne le connaissiez pas. Je suis l'héritier de l'essence même d'une humanité, souvent faible, maladroite, médiocre, méchante, mais en laquelle vivent des êtres d'élite, et d'autres, plus simples sans doute, mais non moins profondément honnêtes et pacifiques. Eh bien ! par ce Dieu, qui est maître du Cosmos et qui a créé aussi votre Ondr'a, votre bénéfique et fécond Ondr'a, je vous jure que je n'ai jamais et ne ferait jamais rien contre ce qui est beau, ce qui est bon, ce qui est bien, d'univers en univers, de galaxie en galaxie, d'un humain à l'autre !...

Ixtowu demeurait bouche bée et peut-être bavait-il un peu. Il est vrai qu'il ne détachait pas ses regards des petits seins affriolants de l'orgueilleuse fille du seigneur de Phtar.

— Votre compagnon fait-il le même serment ?

Interpellé, Ixtowu jura. Il est vrai que, pour cette fille, il eût juré rigoureusement n'importe quoi.

Coqdor demanda :

— Je veux savoir ce que deviendra notre amie Tikla. Est-ce possible ?

— Tikla est promise à un grand destin, fit lentement la jeune femme qui parut soudain lointaine, comme frappée par une vision magnifique et terrible.

Mais très vite elle revint sur la planète et regarda Coqdor.

— Cette fille... tu l'aimes ?

Il sourit :

— J'aime ma compagne... Ma compagne qui se trouve sur notre planète patrie.

— Soit ! Mais peut-être Tikla t'aime-t-elle ?

Coqdor la regarda. Que signifiait une telle question ?

Il avait conscience de son charme viril. Les succès féminins ne lui avaient pas manqué au cours de ses randonnées spatiales. Il évoquait Belle, Océane, Ffaal, d'autres encore...

Mais maintenant il y avait Evdokia. Evdokia qui l'attendait.

— Je ne sais quels sont les sentiments de Tikla, dit-il enfin. Nous sommes engagés dans une même mission, voilà tout !

Il y eut un silence. Puis la fille du pontiferoi parut se décider.

— Je vais te dire ce qu'il convient de faire, dit-elle. N'oublie pas que je suis Mhala. Et c'est aussi Mhala qui te sauve, qui vous sauve tous les trois...

— Tous les quatre ! Je tiens à récupérer mon pstôr !

— J'y consens. Maintenant, écoute... Ecoutez-moi bien tous les deux.

Longuement, elle donna ses instructions, s'expliqua, prévint les deux hommes des dangers qu'ils pouvaient courir.

Ils se taisaient, écoutant en silence, acquiesçant seulement de la tête de temps en temps. Des perspectives nouvelles, inattendues, se dressaient devant eux.

CHAPITRE XIII

Mhala avait donné tant de précisions relativement à son plan que Coqdor et Ixtowu pouvaient espérer qu'elle avait vraiment tout prévu.

Y compris les obstacles, car elle ne leur avait pas caché à quels périls ils allaient être exposés dès qu'ils auraient quitté le cachot électromagnétique.

Maintenant, anxieux tous deux, ils attendaient.

L'espérance est une puissance. Coqdor, par principe, espérait toujours, même quand il était précipité dans un piège, une chausse-trape, une situation précaire.

Ixtowu lui était un homme infiniment plus simple mais qui ne manquait pas de courage, il l'avait déjà démontré. Aussi, étendus sur leurs couchettes, évitant de parler, ils attendaient.

Mhala avait spécifié qu'il leur faudrait agir aussitôt après le deuxième repas qui leur serait servi par automation, comme à l'accoutumée.

Sans doute avait-elle pris cette base de mesure de temps pour la bonne raison qu'au fond de cette oubliette ils ne disposaient d'aucune horloge et que l'étoile tremblante tutélaire de Phtar leur échappait totalement.

Sous sa couchette, Bruno avait dissimulé le k'tarh.

Du moins pensait-il que cela pouvait s'orthographier approximativement de cette façon, d'après la prononciation utilisée par la fille du pontife-roi... si réellement elle était sincère, si les Phtars n'avaient pas envoyé cette créature afin de mieux perdre les espions, renouvelant ainsi la torture par l'espérance bien connue des plus perfides tortionnaires de la planète Terre.

Le k'tarh... un petit objet ovoïde tenant dans le creux de la main. Un curseur en permettait le déclanchement, une toute petite manette le réglage de fréquence, mais évidemment le chevalier de la Terre devrait se familiariser avec son usage avant de s'en servir efficacement.

Le k'tarh... Un capteur d'ondes électriques. Un régulateur de vibrations. Et aussi un émetteur. Une sorte de prisme mécanisé qui recevait les fréquences de ce sang d'Ondr'a qui régnait partout dans le monde de l'étoile tremblante et était susceptible de les réexpédier à la volonté du possesseur de l'objet et ce selon la puissance qu'il lui convenait d'employer.

Avec cela, pourraient-ils s'arracher à ce gouffre ?

Oui, avait affirmé Mhala. Sans préjudice

toutefois des dangers qui n'allaient pas tarder à se manifester aussitôt la sortie du cachot, le dispositif carcéral se trouvant installé, avec un certain nombre d'autres organismes d'Etat, dans des profondeurs cavernicoles situées au-dessous de la cité de Phtar et qui présentaient la particularité de contenir à l'état brut un formidable potentiel du sang du dieu.

Autrement dit, dans ces abîmes fantastiques sur lesquels la ville orgueilleuse s'élevait, existaient des catacombes insondables où palpitait mystérieusemenu une réserve inépuisable d'énergie. De l'électricité ? Certainement. Mais atteignant de façon difficilement explicable une telle hypersensibilité que cela représentait un magma bouillonnant quoiqu'impalpable, aussi fécond que redoutable.

Cela passait pour être la projection dans le sein de la planète — réputée femelle — de la virilité du dieu-étoile. Les Phtars, depuis des siècles connaissaient ce prodigieux potentiel existant dans les abysses. Bien des audacieux avaient péri en l'affrontant mais, petit à petit, sages et techniciens réussissaient, grâce aux progrès de la science, à se servir d'une telle force, titanesque dynamo capable d'entretenir la vie jusqu'à la fin des temps. On pouvait dire que l'ensemble énergétique de la cité et de la partie civilisée de la planète y puisait sa provende.

Et c'était cela qu'il faudrait traverser avant d'accéder à la liberté, Mhala ne l'avait pas dissimulé.

Le premier repas vint. Ils attendirent avec

impatience le second. Ils avaient mangé sans faim, mais par raison, estimant qu'ils auraient sans doute besoin de forces pour braver le péril, pour aller au bout de leur évasion.

Les minutes parurent interminables jusqu'au second festin. Celui-là, ils y touchèrent à peine, patientièrent encore quelques instants, de crainte de voir surgir quelque garde, quelque surveillant.

— De toute façon, avait dit Mhala, il vous faudra faire vite, très vite. On vous observe en permanence et vos agissements seront promptement décelés. Ce qu'il faut c'est que vous franchissiez rapidement le mur d'ondes. Dès que vous aurez gagné le véhicule, on n'osera plus vous poursuivre...

Lentement, domptant sa propre impatience, Coqdor se leva, glissa la main sous le lit et saisit le k'tarh.

Le Haakien, qui le surveillait en feignant de dormir, bâilla, pour le rôle de l'homme qui se retourne sur sa couche pour mieux s'endormir. Mais il resta aux aguets, épiant auriculairement les moindres gestes du chevalier.

Coqdor marcha paisiblement à travers le cachot. Paisiblement en apparence, car il vibrait d'énervement et continuait à régler ses mouvements pour dérouter l'observation.

Il fut devant le mur. Son regard se perdit dans ce flou, cette surface indécise où des lueurs passaient, où tout semblait mouvant, cotonneux, et cependant demeurait aussi infranchissable qu'une paroi d'acier.

Il palpait discrètement le k'tarh qu'il tenait

dans la main droite. Il s'y était déjà quelque peu employé mais ne parvenait pas encore à libérer les ondes selon la fréquence convenable.

Il tourna sur lui-même, mima l'homme qui se détend par quelques mouvements appropriés. Si on le regardait, ce qui était probable, on penserait qu'il n'était qu'un captif combattant par un peu de gymnastique les effets ankylosants de la détention.

Dans le mouvement il sentit le curseur glisser sous son doigt, n'ayant pas lâcher l'objet du salut.

Sans doute un rayon fut-il libéré car Ixtowu en fit les frais.

Le colosse de Haaki bondit sur sa couche comme s'il avait été mis en contact avec un réacteur. Il étouffa un rugissement, retomba et, tétaniquement agité, fut précipité au sol.

Coqdor se sentit couvert d'une sueur glacée. Il crut l'avoir tué, mais déjà le géant se relevait en éructant, le regardant avec un air à la fois ahuri, réprobateur et dubitatif.

— Ixtowu..., qu'est-ce que... ?

— Par tous les diables d'Haaki !... J'ai cru que l'enfer me tombait dessus !

Il gogna encore. Coqdor ne songeait pas à s'excuser. Sans le faire exprès il venait enfin de déclencher le système libérateur.

Alors il ne perdit pas de temps : il imagina qu'on venait de s'apercevoir de l'incident, qui ne pouvait pas ne pas paraître suspect.

Fébrile, il se campa devant le mur, le mur

insaisissable, le mur fluorescent, et il fit jouer le k'tarh.

Il ne tâtonna pas longtemps, sous les regards anxieux d'Ixtowu.

Il constata que la masse apparemment mouvante se modifiait. La luminosité vague qui en émanait s'estompa. Sur une surface assez vaste, de plus d'un mètre de diamètre et de forme circulaire, tout devenait grisaille, de tons indéfinis.

Puis il lui sembla qu'il n'y avait plus rien et que l'impact des rayons émis à partir du curieux petit œuf de métal remis par Mhala avait neutralisé le réseau ondionique servant de base atomique à la paroi.

Il ne réfléchit pas davantage :

— Vite, Ixtowu !

Il avançait la main et ne rencontrait que le vide dans ce cercle qui s'ouvrait. D'un bond, il franchissait le passage, aussitôt suivi par le Haakien lequel ne réfléchissait pas et emboîtait le pas au Terrien, convaincu qu'il n'y avait pas d'autre solution.

D'ailleurs, ils commençaient à avoir la preuve que la fille du pontife-roi ne semblait pas avoir menti et que tout cela ne masquait pas une traîtrise, puisque dès le départ le k'tarh remplissait parfaitement sa mission.

Tout de suite, ils se demandèrent où ils étaient parvenus. Tout était sombre, et on continuait à vivre dans l'indécision.

Instinctivement, Bruno Coqdor se retourna.

Derrière lui, la paroi s'était refermée. Le cercle libérateur n'étant plus soumis aux radiations du k'tarh n'existait plus. Il y avait la paroi, cette paroi hallucinante façonnée de lumière tremblante, mais cette fois ils l'avaient franchie, ils se trouvaient de l'autre côté.

Qu'était donc cet autre côté ?

Un espace vraisemblablement immense et Coqdor pensa tout de suite à ce que Mahla avait expliqué : les vertigineux abîmes s'étendant au-dessous de la région sur laquelle était construite la capitale des Phtars. On n'en voyait nullement l'extrémité et c'était un abîme sans horizon, encore que la lumière caractéristique du monde d'Ondr'a, cette clarté sans cesse en léger mouvement, cette lumière tremblante qui baignait les Phtars mais exaspérait les extra-planétaires, se manifestât là aussi et que Coqdor et Ixtowu puissent apercevoir, travers une sorte de nébulosité doucement vibrante des falaises de roc, des promontoires tourmentés surplombant des gouffres incommensurables.

Devant, au-dessus, alentour, au-dessous, l'œil se perdait dans cet infini vague, crevé çà et là par des pointes, des angles, des aiguilles, des blocs rocheux. Tout offrait encore cet aspect lentement mouvant déjà constaté dans le mur ondionique et la lumière tremblante ajoutait encore à l'impression fantastique qui dominait.

Bruno Coqdor, encore qu'il fût familiarisé avec les visions toujours plus surprenantes, toujours renouvelées des nombreuses planètes qu'il avait visitées, demeura un moment fasciné par ce mélange grandiose d'inconnu, d'irréel, d'irrévélé.

Des formes naissaient par instants, fulgurantes mais tellement fugaces qu'elles demeuraient insaisissables. Et des grondements sourds montaient de l'abîme, comme des plaintes interminables, comme des sanglots d'éternité.

— Si l'enfer a un visage, murmura le chevalier de la Terre, cela doit y ressembler...

Le Haakien, lui, était du genre réaliste.

— Coqdor !... Il faut foutre le camp !

Le Terrien s'arracha à sa contemplation.

— Oui... cherchons notre bateau ! approuva-t-il.

L'expression était sans doute inadéquate. Mhala leur avait précisé que sur ce rivage d'un océan de cauchemar ils découvriraient plusieurs petits engins amarrés, destinés à explorer les abords. Des Phtars pouvaient s'y trouver en poste, aussi était-il nécessaire de prendre garde.

Les deux hommes suivirent donc ce qui devait constituer le littoral. Un chemin rocheux, sinueux, sorte de corniche évoluant autour des gigantesques formations rocheuses et donnant sur le gouffre en permanence. Un gouffre qui ne contenait apparemment ni mer ni vallée, ni rien de connu, un gouffre de vide luminescent et tremblant qui faisait peur, qui provoquait dans l'âme humaine une angoisse permanente.

Sans doute les Phtars qui exploraient cette contrée avaient-ils beaucoup de cran mais Mahla avait précisé qu'à une certaine distance on cessait de naviguer, pour éviter des zones dangereuses.

Et c'était cependant par là que se trouvait le salut, pour peu que les deux évadés réussissent à les traverser avec le minimum de dégâts.

Ils ne tardèrent pas à découvrir ce qu'on pouvait appeler le port. Une demi-douzaine de petits engins apparaissaient, rangés sur la berge.

Des sortes de nacelles fusiformes, très aérodynamiques, à cockpit à demi fermé, triplaces. Mhala, qui décidément pensait à tout, n'avait pas omis de donner quelques conseils techniques quant au fonctionnement et à la direction. Ce genre de détails ne relevait pas de la compétence de Coqdor, mais, en revanche, Ixtowu s'était empressé d'en faire son profit et de les enregistrer.

Aussi ne fut-il pas dérouté en se glissant à bord. Coqdor allait le suivre quand il s'entendit interpeller.

Vivement, il se retourna.

L'alarme concernant leur fuite avait peut-être déjà sonné. Toujours est-il que trois guerriers phtars apparaissaient, brandissant des lances dont le chevalier de la Terre avait apprécié l'intérêt lors de leur arrestation : des paralyseurs électromécaniques.

Il n'avait pas le choix et ne leur laissa pas le temps de s'en servir.

Il braqua promptement le k'tarh et poussa à la fois le régleur et le curseur, à peine en cherchant la fréquence qu'il lançait au maximum.

Ce qui fit que les trois Phtars firent des bonds de carpe galvanisée. Deux roulèrent sur le sol rocheux. Quant au troisième, Coqdor le vit, en frissonnant, qui s'abîmait dans cet océan de nébulosité vibrante, dans ce gouffre d'infini.

Mais ce n'était pas le moment de faire du sentiment et de s'apitoyer sur les vicissitudes de l'adversaire. Il courut rejoindre Ixtowu, lequel s'était rapidement synchronisé avec le fonctionnement du petit appareil.

Il démarra sans demander son reste et ils foncèrent, droit au large ainsi qu'il relevait des instructions de Mhala, fille d'Ahmkeer.

On ne naviguait pas, on ne planait pas, on ne volait pas au sens propre du terme.

On allait, soutenu vraisemblablement par un champ de forces, par le sang du dieu Ondr'a ici utilisé ondioniquement à partir d'un transformateur de bord.

Le canot piquait dans la masse nébuleuse, dans ces blocs informes, changeants, irradiant doucement en tons sans cesse renouvelés, le tout bien entendu sans préjudice du tremblement incessant, qui dominait tout, qui semblait l'élément numéro un de ce monde. Une lueur à vibration éternelle qui était aussi celle des lampes du petit appareil, projecteurs aussi bien que voyants du tableau de commandes.

Ce tableau comportait des indications en caractères parfaitement inconnus de l'Haakien comme du Terrien mais l'adroit Ixtowu, bien dirigé par Mahla, sentait déjà répondre sous ses doigts les diverses manettes et les nombreux boutons qu'il palpait.

Coqdor se retourna, passa la tête par l'échancrure du demi-pont.

— On nous poursuit, dit-il calmement.

— Ils sont plusieurs ?

— Oui. Il y a au moins dix canots semblables au nôtre.

— Il y en avait moins que ça au départ !

— Oui mais il en arrive d'autres. L'alarme a été donnée rapidement. N'oubliez pas que la surveillance était permanente et qu'on nous a vus sortir du cachot !

— Ils nous rattrapent ?

— Pas encore

— Mais ils suivent la même ligne que nous... Je croyais qu'ils évitaient le large, qu'ils se contentaient de suivre les bords. Cet océan de nuages leur fait peur !

— Il faut les gagner de vitesse, Ixtowu... A un certain moment, si nous les distançons, ils renonceront ! D'après Mhala, ils ne vont jamais bien loin. La peur, toujours la peur...

Il lui sembla que le Haakien, penché sur ses commandes murmurait :

— Moi aussi ça me fait peur !

Coqdor se tut. Ne ressentait-il pas un pareil sentiment ? Une épouvante mystérieuse s'inflitrait en lui. Il apercevait vaguement des rochers, de véritables montagnes aiguës çà et là. Le canot voguait dans la masse fluorescente, dans cette grisaille où passaient sans cesse les effets de la clarté tremblante, reflet de cette étoile autour de laquelle gravitait la planète des Phtars.

Ixtowu évitait les obstacles, ces récifs inattendus qui se dressaient soudain devant le canot et contre lesquels il se fût broyé sans la dextérité du pilote. Le Terrien admirait la facilité avec laquelle ce pilote d'astronef s'était familiarisé avec une mécanique inconnue de lui, tant il est vrai que pour un bon spécialiste, les lois technologiques étant universelles, un moteur ne garde pas longtemps ses secrets.

Les Phtars les traquaient. Coqdor ignorait, ce point n'ayant pas été précisé, à partir de quelle distance du « rivage » souterrain on estimait que commençait la zone périlleuse, celle où les navigateurs du gouffre refusaient d'aller plus avant.

Voyant se rapprocher dangereusement deux des canots, il eut l'idée d'utiliser une fois encore le k'tarh.

Il braqua l'arme miniature mais si efficace et envoya à trois reprises des bordées d'ondes.

Il eut la satisfaction de voir osciller un des engins. Mais aussitôt on riposta et ils sentirent leur esquif chavirer dangereusement quoiqu'incomplètement, au-dessus de ce terrifiant abîme dont la nature inconnue engendrait l'aspect particulièrement angoissant.

Ixtowu jura et redressa son appareil de justesse. Coqdor murmurait :

— J'ai eu tort de déclencher les hostilités... Ils doivent vouloir nous prendre vivants... Si je récidive, ils vont tous nous tirer dessus de façon à nous interdire de poursuivre. Je n'ai nullement l'intention de me rendre... Et Ixtowu ?

Le Haakien cracha qu'il préférait périr que de retourner dans le cachot où la lumière tremblante le rendait enragé.

— Ici aussi, Ixtowu, la lumière tremble !

— Mais ici, je suis libre, hurla le cosmopilote.

Il avait réussi à comprendre le mécanisme total de l'engin qui atteignait une allure fantastique. Coqdor lui cria triomphalement qu'on distançait l'ennemi.

Sans doute les Phtars pouvaient-ils aller aussi vite sinon plus que les fugitifs mais il y avait déjà un bon moment qu'on naviguait ainsi et sans doute commençait-on à frôler les contrées périlleuses.

Les canots des poursuivants envoyèrent encore quelques bordées et deux ou trois fois il ne fallut rien moins que la grande adresse d'Ixtowu pour tenir à peu près en équilibre.

Puis les phares frissonnants de l'ennemi se perdirent dans le tremblement luminescent général.

Le canot se retrouva isolé, au centre d'un monde inconnu, effarant dans sa pérennité de lueurs instables.

— Je crois que nous sommes sauvés... du moins de ce côté ! dit Coqdor.

Ixtowu eut une sorte d'éructation :

— Non... Regardez !... Devant nous !

Des colonnes de brillance, tremblantes comme tout le reste, se dressaient en face du canot.

Ils surent qu'il allait falloir affronter le plus grand péril du monde souterrain, ainsi que l'avait dit la fille du pontife-roi.

CHAPITRE XIV

Coqdor avait vu bien des choses, connu bien des situations dramatiques, fait face à des monstres fantastiques au cours d'une vie spatiale déjà bien remplie.

Mais jamais, sans doute, il ne se sentait aussi triste, aussi désemparé que lorsqu'il se heurtait à l'inconnaissable, à ces horizons de mort où le péril demeure indéfini, d'autant plus menaçant qu'il n'a pas encore de visage.

Il avait déjà connu un tel désarroi sur Haaki VII, devant les étendues glacées où s'inscrivait la piste des mystérieux Torsadés, et il se disait que cette plongée dans la matrice géante qu'enfermait le ventre de la planète Phtar n'allait pas laisser de lui réserver de sinistres surprises.

Ce monde nébuleux c'était le grand fluide émanant d'Ondr'a, l'étoile tremblante qui fécondait Phtar à sa manière. Il convenait donc de demeurer prudent, mais Coqdor, après avoir consulté Ixtowu plutôt pour la forme qu'autrement, décida de foncer aussi vite que possible afin de joindre au plus tôt le rivage opposé, là où, si Mhala avait été sincère jusqu'au bout, ils trouveraient une porte de salut.

De toute façon, les Phtars avaient renoncé à la poursuite, ce qui indiquait sans ambages que la région était plus que dangereuse. Les deux fugitifs ne réfléchirent plus et le Haakien poussa l'engin à l'allure maxima.

Pendant de longues minutes, le canot les emmena dans cette masse imprécise, où seulement apparaissait les écueils formés par les pics et les corniches des falaises. On les voyait généralement au dernier moment et il fallait toute l'adresse du cosmopilote pour les éviter. A plusieurs reprises, ils faillirent s'y écraser, mais chaque fois Ixtowu reprenait l'appareil en main et le cabrait, au risque de déséquilibre, si bien qu'on contournait l'obstacle à toute vitesse, frôlant la catastrophe, la mort inévitable.

Et quelle mort !

Coqdor ne pouvait s'interdire de frissonner en contemplant ces nuées qui l'enserraient, demeurant cependant visibles dans l'éternelle lumière tremblante.

Et puis Ixtowu jeta soudain une exclamation sourde :

— Coqdor !...

— Quoi ?

— Vous... Non !... Je suis fou... Je vous vois...

— Eh bien ! achevez donc ! cria le chevalier de la Terre, agacé de ces réticences si peu de saison.

Le Haakien le regardait d'un air ahuri, tendant vers lui un index fébrile.

— Vos... vos bras...

— Mes bras ?

— Mais vous en avez combien ?

En Coqdor la pensée se faisait foudroyante. Il ne comprenait pas encore, sinon que c'était le début du drame. Ixtowu était halluciné, c'était probable et il allait falloir jouer serré.

— Vos bras, râla le cosmopilote. Vous avez cinq... six... dix bras...

Si absurde que fût la proposition, Bruno Coqdor eut le réflexe puéril de se palper. Tout de suite il se reprit, haussa les épaules.

— Vous perdez l'esprit, Ixtowu. Occupez-vous de votre...

Il se tut et demeura les yeux agrandis par la stupeur.

Parce que devant lui Ixtowu avait maintenant trois têtes.

Trois fois la même tête. Trois fois, sur son corps énorme, colossal, cette petite tête glabre des Haakiens, disproportionnée et un peu ridicule, boule chauve surmontant un formidable amas de muscles.

Coqdor serra les dents, tapa du pied avec rage.

— On devient mabouls dans ce gouffre !... Ne me regardez pas ! La direction ! Occupez-vous du moteur ! Et rien que de ça !

Le Haakien le regardait toujours, fasciné. Coqdor fonça sur lui, le bouscula, l'astreignit à se retourner vers le tableau de commandes.

Il était temps, le canot filant droit sur un

promontoire rocheux qui allait lui barrer définitivement la route.

Et Coqdor vit le monstre tricéphale réussir à éviter le récif, relancer l'engin dans cet infini nébulosoïde.

Lui-même ruisselait de sueur. Il claquait des dents, tant cela lui faisait mal. Il croyait comprendre : des hallucinations, oui, c'était cela. Le milieu ambiant, aussi exceptionnel, agissait terriblement sur les cerveaux et c'était sans doute là le grand péril auquel on s'exposait à travers les entrailles de Phtar, ce qui obligeait les planétaires à renoncer à explorer trop loin du littoral souterrain. Sans doute avaient-ils mesuré dès longtemps les funestes conséquences de pareils voyages.

Mais les fugitifs, eux, n'avaient pas le choix.

Il fallait continuer et ils continuèrent.

D'ailleurs, au bout d'un moment, alors qu'il avait été convenu qu'ils éviteraient de s'entre-regarder afin d'éviter de se voir aussi monstrueux, Coqdor risqua tout de même un œil vers son pilote et constata qu'il avait repris son aspect naturel. Il n'avait plus qu'une tête et Coqdor pensa que lui-même ne devait plus ressembler à une statue de la vieille déesse Kâli, de sinistre mémoire sur la Terre.

Il y eut un bon moment de navigation sans histoire quand le chevalier tressaillit, croyant distinguer des silhouettes dans la masse nuageuse.

Cela tremblait, comme tout ce qui était apparent, l'étrange fluide interne de Phtar continuant à demeurer influencé par l'astre tutélaire.

— Des hommes...

— Oui, je les vois, lança Ixtowu.

Etait-on près du rivage ? Il fallait naviguer avec précaution et le Haakien ralentit un peu l'allure du véhicule.

Cependant, cela n'évoquait pas un littoral. On distinguait bien çà et là quelques aiguilles, mais ce n'étaient que les pointes émergeant des abysses, vaguement visibles dans le brouillard tremblant.

— Tiens ! constata soudain Ixtowu. Ils sont comme nous... Ils sont à poil !

Bruno Coqdor réalisa un instant après que le Haakien avait raison. Des hommes nus paraissaient évoluer non loin du canot.

Hallucinations encore ? Ou réalité ? Le Terrien s'interrogeait. Ces individus étaient en sustentation, donc ne reposant sur aucun terrain ni aucun appareil visible, ce qui donnait du poids à la première hypothèse.

Les inconnus disparurent, reparurent un peu après.

Ils étaient tels des fantômes frissonnants, apparence consécutive de toute évidence à la lumière tremblante. Mais leur retour inquiétait Coqdor. S'il ne s'agissait que de visions, comme pour la multiplication apparente de leurs membres ou de leurs têtes, ce n'était pas très grave.

Y avait-il autre chose ?

Il put le redouter un instant après.

Les spectres luminescents reparaissaient. Fugaces. Effrayants. Nus.

Mais ce n'étaient plus les éléments d'une sarabande imprécise oscillant dans le chaos général. C'étaient des personnages bien nets, qui fonçaient littéralement à l'assaut du canot.

Ils arrivaient et disparaissaient subitement, laissant les deux hommes pantois. Certes, pendant quelques instants, aucun ne sembla atteindre l'engin. Ils se volatilisaient au fur et à mesure qu'ils paraissaient toucher le cockpit du petit véhicule. Seulement leur aspect, maintenant, impressionnait terriblement Coqdor et son compagnon haakien.

Crispé sur les commandes, Ixtowu hurlait :

— C'est pas vrai !... C'est pas vrai !...

Bruno Coqdor, tout aussi effaré de ce qu'il découvrait mais voulant lutter encore, répondait, enflant la voix lui aussi :

— Mais non !... C'est un fantasme !... C'est faux ! C'est une illusion !

— Je ne peux plus... je ne peux plus voir ça !

— Démons du Cosmos ! Maîtrisez-vous, Ixtowu !

— Ça me rend fou ! Je veux qu'ils foutent le camp... qu'ils foutent le camp !... Sinon, je...

Coqdor, crispant les mâchoires, le secoua violemment.

— Réagissez, Ixtowu... Vous voyez bien que...

Il fut interrompu. Un des hommes nus jaillis de ce néant venait de heurter avec violence le bord du cockpit. Lui aussi disparut mais cette fois cela ne s'était pas borné à une vision. Il y avait eu réellement un choc.

Et cet homme...

Coqdor sentait que lui aussi allait sombrer.

Cet homme...

C'était lui-même !

Du moins un semblant de Coqdor. Un Coqdor nu comme il l'était. Pareil à tous les autres Coqdor, et tous les autres Ixtowu qui depuis un instant jaillissaient de la fantastique matrice interne de la planète, et se multipliaient autour du canot.

Et c'était ce qui affolait Ixtowu. Il se voyait, en cent, en mille exemplaires. Mille Ixtowu nus comme lui, avec leurs épaules formidables et une petite tête grotesque, comme ses coplanétriotes.

Et aussi cent, mille Coqdor, fonçant sur le fragile engin.

Si jusque-là tout n'avait été qu'un film démentiel, une projection émanant, le chevalier de la Terre le supposait, uniquement de leur propre pensée en symbiose spontanée avec le formidable potentiel d'électricité ambiante, leur psychisme se projetant dans l'hypersensibilité de ce réservoir infini d'énergie jusqu'à le façonner au fur et à mesure (Coqdor projetant Ixtowu et Ixtowu projetant Coqdor), maintenant il y avait un autre péril.

Plus on avançait, et plus le phénomène de matérialisation se précisait.

Obnubilés par ce décor, respirant pratiquement ce fluide dominateur et l'assimilant à une vitesse véritablement luminique, les systèmes nerveux et cérébraux des deux hommes captaient la force latente, la métamorphosaient subconsciemment en créant dans l'instant ces visions démoniaques, mais à partir d'eux-mêmes.

Coqdor imaginait rapidement que, à partir du moment où il comprenait le mécanisme de cette projection, il devrait normalement en devenir maître.

Il aurait voulu l'expliquer à Ixtowu afin que le Haakien, comme lui-même, puisse se raisonner, et faire disparaître volontairement des fantômes nés de sa propre imagination.

Plan qui se révélait déjà difficilement réalisable.

Parce que le psychisme de Coqdor, suivant celui d'Ixtowu, faiblissait sous l'emprise du potentiel contenu au sein de la planète, de cette semence du dieu Ondr'a accumulée là pour féconder une terre, pour lui apporter une inépuisable énergie, mais terriblement nocive pour des humains s'y trouvant plongés avant d'avoir su domestiquer une dynamo à l'échelle des Titans.

Les Phtars savaient tout cela et évitaient soigneusement les randonnées entre les rives souterraines enrobant l'immense et insondable abîme où Ondr'a avait jeté son fluide.

Ils avaient appris, de millénaire en millénaire, à s'en servir judicieusement, mais continuaient à redouter ce dragon mal dompté, ce sang bouillonnant qui risquait toujours de les submerger.

Coqdor évoquait les paroles de Mhala. La

fille du pontife-roi leur avait donné une chance.

Une chance sur combien ?

Ixtowu, il le sentait, allait flancher. Et lui, en dépit de sa faculté de raisonneur enragé, combien de temps pourrait-il tenir encore ?

Un, deux, trois, dix Ixtowu parurent.

Dix Ixtowu formidables, plus grands, plus forts que l'original.

Ils se ruèrent sur le canot, le heurtèrent de telle façon qu'il en fut totalement ébranlé, qu'il manqua chavirer et que des craquelures apparurent dans le cockpit, tandis que Ixtowu était projeté en avant sur le tableau de bord, que Coqdor déséquilibré s'étalait dans le fond de l'embarcation.

Les spectres avaient disparu dans une fulgurance éblouissante qui trancha un bref instant sur la lumière tremblante de l'ensemble.

Coqdor se relevait péniblement, meurtri, saignant, un œil poché. Il voyait le colosse Ixtowu qui tremblait comme une feuille, tendant des mains frénétiques vers des commandes qu'il ne parvenait plus à saisir.

Il voulut aller vers lui, sursauta en lui voyant soudain des têtes supplémentaires apparaître sur ses bras, son torse, son ventre...

La vision était peut-être ridicule mais, telle quelle, elle lui apparut parfaitement insoutenable.

Ixtowu, en proie à une véritable crise de désespoir, s'était mis à pleurer comme un gosse, si bien que Coqdor voyait un monstre multicéphale qui versait des larmes par d'innombrables paires d'yeux.

Il en avait la nausée. Ixtowu le regarda et toutes ses têtes se mirent à hurler donnant les signes d'une épouvante totale.

Coqdor pensa que lui-même devait apparaître sous l'apparence d'un monstre quelconque aux regards de l'homme de Haaki. Mais il n'eut pas le temps de tenter encore une fois un dialogue, une phrase de raisonnement.

Le canot qui fonçait au petit bonheur, son pilote n'étant plus capable de le diriger, se trouvait encerclé par un véritable bataillon démoniaque. Ixtowu, c'était Ixtowu en nombreux exemplaires. Mais Ixtowu tel que Bruno Coqdor le voyait dans son cerveau obnubilé par le sang d'Ondr'a, si bien que c'était une horde de monstres polycéphales qui s'attaquaient au malheureux canot déjà désemparé.

Ils s'abattirent tous ensemble et on les entendit hurler, tant le travail inconscient mais précis émanant des cerveaux continuait à se façonner, à améliorer les visions jusqu'à leur donner une consistance à partir de l'électricité statique dont les éléments atomiques spontanément juxtaposés réussissaient à former ces créatures fugaces, mais de plus en plus près de la tangibilité.

Cette fois, le choc fut terrible et c'est dans un éclair éblouissant que ce commando d'enfer s'effaça, non sans avoir projeté le canot comme un fétu à travers l'immensité des cavernes de Phtar.

Coqdor ne sut jamais comment Iwtowu et

lui-même n'avaient pas été précipités hors de l'engin, sombrant définitivement dans l'abîme fantastique.

Il n'y avait plus qu'une épave, mais sans doute le champ de force tenait encore puisqu'elle flottait, dérivant maintenant dans cet océan qui n'en était pas un, dans ce flux nébuleux, tremblant encore et toujours dans sa lumière d'imprécision.

Ixtowu ne bougeait plus. Coqdor, contusionné,couvert d'ecchymoses et d'hématomes, se cramponna pour se redresser encore.

Une légion de Coqdor apparaissait, s'apprêtant à donner un nouvel assaut.

Le Terrien ferma les yeux, se concentra.

Il croyait avoir trouvé une parade. Peut-être...

CHAPITRE XV

Il les vit foncer sur le canot. Nus. Tremblants d'apparence. Terrifiants.

Terrifiants parce qu'ils semblaient nettement hostiles, parce qu'ils surgissaient baignés de cette insupportable clarté vibratile, parce qu'ils se ruaient sur le malheureux engin en rangs serrés, immuablement semblables entre eux et surtout, ce qui poignardait Coqdor, parce qu'ils étaient lui, lui, toujours lui-même.

Il ne pouvait rien faire pour éviter le choc

et Ixtowu était neutralisé. Et la collision eut lieu.

Pendant une seconde, Bruno put croire que c'était la fin.

L'engin avait gémi dans toute sa membrure et se trouvait littéralement retourné, tandis que dans un déchaînement subit de foudre, dans un fracas effrayant qui se répercuta longuement dans les profondeurs abyssales de la planète Phtar, la horde disparaissait, s'effaçait : les particules photoniques qui constituaient ces apparences spectrales se trouvaient diluées, brutalement dispersées, et le conglomérat né du subconscient d'Ixtowu s'annihilait par voie de conséquence.

Le canot parut voltiger, stoppa dans un fracas effroyable et ce fut le silence. L'immobilité pendant un moment des deux hommes meurtris qu'il portait à son bord.

Petit à petit, Coqdor revint à lui. Il éternua, se secoua, grimaça parce que tout son corps était brisé, affreusement contusionné. Il réussit tout de même à se tenir debout et se pencha sur Ixtowu.

Le géant était haletant, mais totalement abruti par cette avalanche d'événements. Dans sa petite tête bizarre, les yeux n'exprimaient rien d'autre qu'un ahurissement complet. Il bafouilla quelques mots en langue haakienne, que Coqdor ne comprenait que fort mal, sans paraître répondre à ses questions, négligeant le code spalax qu'ils utilisaient habituellement.

Pour l'instant, il n'y avait pas grand-chose à

en tirer. Coqdor le comprit et se préoccupa d'un tout autre problème.

Où était-on ? Que s'était-il passé ? Pourquoi, surtout, le canot s'était-il immobilisé ?

Il regarda autour de lui. Toujours les nuées traversées par les ondes lumineuses indéfectiblement tremblantes.

Ce n'était plus original. Il paraissait surpris parce qu'il n'en était plus totalement environné. D'un côté une masse sombre surplombait. Il réalisa promptement que le canot avait été projeté sur une sorte de plage rocheuse, au bas d'une paroi de roc dont le sommet se perdait dans la brume ambiante. Une corniche surplombait l'abîme et qui avait à la fois arrêté la lancée du canot après l'attaque des Coqdor multipliés, en le fracassant encore un peu plus dans l'impact.

Il soupira. Comment pourrait-on repartir ? Les rouages n'étaient-ils pas définitivement détruits, le moteur broyé, comme la carène qui avait beaucoup souffert ?

Le premier souci lui parut de s'intéresser à Ixtowu. Il chercha dans les coffres s'il y avait quelque chose à boire, réflexe universel envers un homme à demi évanoui.

Tandis qu'il fouillait, il entendit le Haakien soufler de plus en plus fort et se rendit compte qu'il remuait sur place, demeurant les yeux à demi clos, encore en proie au traumatisme qu'il avait subi et dont les effets se prolongeaient.

Mais des voix chuchotées lui parvenaient. Des voix semblant jaillir de la masse même de cette brume luminescente et tremblotante qui pesait sur eux, impalpable et toujours omniprésente, hallucinante parce qu'elle demeurait féconde en hallucinations.

Des voix...

Des voix féminines...

Des voix qui, par instants, semblaient susurrer des paroles douces, voluptueuses et dont les discours indéchiffrables s'entrecoupaient de halètements de nature moins que douteuse, de râles énamourés, de gémissements de plaisir.

« Cette fois, je suis complètement fou ! » pensa le chevalier de la Terre, qui renonçait à trouver quelque chose d'ingurgitable dans les réserves du bord.

Il revint vers Ixtowu et s'arrêta net.

Des ombres jaillissaient de la brume.

Il eut un haussement d'épaules méprisant. Allons ! Cela allait recommencer ! Après l'apparition des Coqdor et des Ixtowu engendrés par leurs subconscients soumis à l'action impérieuse du sang d'Ondr'a, une nouvelle vague de fantômes allait apparaître. Il se sentait assez maître de lui cependant, et devina que cette fois c'était Ixtowu, aux trois quarts assommé, qui distillait psychiquement ces fantasmagories, lesquelles pouvaient à certains moments se révéler dangereuses.

Les voix se rapprochaient et les silhouettes se précisaient.

Coqdor les vit, en théories gracieuses, évoluer autour du canot entre la falaise et l'abîme, sur la corniche, dans les hauteurs, ludions de rêve analogues à ceux qui avaient attaqué le canot mais maintenant infiniment plus agréables à contempler.

Non plus les athlètes-Coqdor ou les colosses-Ixtowu. Des femmes...

Ou plus exactement une femme multipliée selon la norme extraordinaire de ce genre de projections. Une femme haakienne évidemment, si bien que Coqdor comprit qu'elle appartenait aux souvenirs érotiques d'Ixtowu.

Assez jolie, n'eût été la disproportion de race entre un corps bien fait, bien en chair et une tête minuscule, ce qui était la caractéristique d'Haaki. Chauve ainsi que tous ses coplanétriotes des deux sexes. Elle n'en était pas moins la femme dans toute sa splendeur, et maintenant Ixtowu tentait de se soulever, et il grognait des mots que Coqdor ne comprenait pas, du moins quant à la lettre, parce que leur sens n'était pas douteux.

Dans son abrutissement, le colosse engendrait à partir de ses souvenirs la vision d'une maîtresse animée. Et elles naissaient de la brume, multipliées comme tous les spectres suscités à partir du fluide omnipotent, et elles venaient à son appel, et elles entouraient le canot, elles descendaient ou montaient vers lui, innombrables et une à la fois.

Ixtowu fut debout. Il fit quelques pas en titubant, les bras tendus et toute sa personne vibrait de désir envers celle qu'il croyait voir, qu'il voyait effectivement, mais qui n'était qu'une apparence luminique, sans autre consistance que celle de la foudre, concentrée en la circonstance, mais tout aussi insaisissable.

— Ixtowu... Renevez à vous... Ce n'est que...

Il voyait le puissant personnage qui, tendant les bras pour saisir une image illusoire, marchait droit devant lui, ayant enjambé le bord du canot, sauté à terre et continuant vers l'abîme.

Coqdor voulut l'arrêter, le voyant à moins de deux mètres du bord du gouffre. L'autre de son bras puissant le repoussa sans effort, mais avec une telle force que le Terrien fut projeté contre la falaise.

— Ixtowu !

Coqdor bondit, se cramponna au colosse, le tira en arrière de toute son énergie lui hurlant qu'il allait tomber dans cet abîme mortel.

Alors ils luttèrent.

Ixtowu n'avait plus conscience de rien, sinon de cette vision de la femme désirée, et au nom du stupre qui flambait en lui, il voulait la rejoindre, l'étreindre, inconscient de sa nature purement fantomatique.

Et deux hommes nus se battaient, au bord d'abysses vertigineuses, baignés d'une lueur tremblante, dans le sang d'un dieu-astre qui les perdait par les perfidies de sa semence totalitaire.

Et autour d'eux, au-dessus d'eux, voire en dessous quand elles semblaient surgir de l'abîme même, il y avait une infinité de femmes nues, séduisantes et lascives, offertes et cependant insaisissables, en un carrousel dont on ne savait s'il relevait du cauchemar ou de la volupté du songe le plus exquis.

Filles nues prêtes pour l'amour charnel, elles glissaient mystérieusement sur les combattants, les caressant de leurs mains qui n'avaient pas de consistance, les couvrant de baisers qui n'étaient que des illusions à base bassement matérielle d'électricité statique, en un métabolisme fantastique aussi charmant que trompeur.

Deux fois déjà Coqdor avait été rejeté au sol. Il n'en pouvait plus et en dépit de sa musculature, de son habileté au close-combat, il voyait qu'il ne pourrait plus tenir longtemps, que Ixtowu qui le repoussait sans méchanceté, uniquement sous l'impulsion de la chair avide, se précipiterait dans l'abîme en cherchant stérilement à étreindre une des innombrables créatures qui ne cessaient de revenir à la charge, qui l'affolaient par le renouvellement insensé d'une bien-aimée dont l'original ne pouvait exister que sur une des lointaines planètes du système d'Haaki.

Coqdor, à bout d'arguments, avait fait ce qui lui répugnait. Il avait ramassé une grosse pierre et, l'ajustant dans sa paume, en avait frappé vigoureusement le Haakien à la tempe.

Il reprit péniblement son souffle. Le colosse était étendu à ses pieds, si proche de l'extrémité de la corniche qu'un simple mouvement l'eût fait glisser et se perdre dans les abysses.

Il ahana, le tira en arrière, pour lui donner plus de stabilité.

Alors il s'aperçut que les divines enchanteresses, si dangereuses, avaient disparu d'un coup.

C'était compréhensible, Ixtowu perdant conscience avait cessé de les « penser » si bien qu'elles n'étaient plus.

Coqdor soupira et demeura soudain figé.

Tikla était devant lui.

Tikla. Et Tikla. Et encore Tikla. Puis une autre Tikla et d'autres Tikla.

Travail foudroyant de l'esprit !

Obnubilé par ce qu'il venait de vivre, il se branchait lui aussi sur une idée féminine. Et engendrait spontanément la dernière femme qu'il eût entrevue longuement c'est-à-dire Tikla avec laquelle il avait vécu un bon moment lors du voyage spatial.

Il recula, s'adossa à la paroi rocheuse. Cela n'allait-il donc jamais finir ?

Et puis il se rendit compte que cette Tikla ressemblait étrangement à Mhala. Mhala aux petits seins nus qui lui avait permis de s'évader de la prison électromagnétique, Mhala qu'il avait d'ailleurs prise pour Tikla au premier abord.

Tikla-Mhala... Une femme... Le désir...

Il se meurtrit le crâne à deux poings, se sentant faiblir.

Il hurla soudain, comme un appel désespéré :

— Evdokia !

Evdokia... La Terrienne... La bien-aimée authentique !

Le spectre multiple changea et il vit, mille

fois dans la brume de lumière vibratile, la beauté souriante de la belle Grecque dont il avait fait sa compagne.

— Il faut que ça cesse !

Il pensait que Ixtowu, revenant petit à petit à lui, imaginerait encore une créature voluptueuse, ce qui aurait des effets encore plus redoutables que l'évocation des hommes qu'ils étaient.

Alors il se domina, essaya de penser « à autre chose ».

Et il en revint à ce plan échafaudé au moment où ils avaient été attaqués par la horde des Coqdor multiples.

— Je suis plongé dans un monde restreint sans doute, mais vivant. Ceux de la planète l'appellent le sang de leur dieu tutélaire... Pas idiot après tout ! Et ce dieu aurait fécondé son satellite... Nous, les Humains, voyons nos pensées prendre cette apparence matérielle, partiellement illusoire, mais cependant photoniquement et électriquement tangible... Dans cette gestation anarchique qui effraye tant les Phtars, ne peut-on se conduire comme un spermatozoïde intelligent ?...

Il se forçait à clarifier sa pensée, afin d'être aussi maître de lui que le lui permettaient les circonstances.

Parce qu'il sentait la tentation monter, parce que l'exemple érotique de l'inconscient Ixtowu l'avait troublé. Parce que ses pensées tourbillonnaient et qu'il entrevoyait déjà une ombre qui jaillissait des profondeurs, une ombre qui devenait rapidement légion, une ombre luminescente et tremblante, prenant petit à petit forme féminine, lourde de prometteuses voluptés.

Une femme spectrale mais séduisante à l'extrême dont il n'osait savoir si elle était Evdokia, si elle était Mhala, si elle était Tikla...

Il tourna le dos au gouffre et ferma longuement les yeux, se cherchant lui-même, s'accentuant en tant que médium, télépathe, spiritualiste qu'il était, qu'il avait toujours été à travers ce cosmos qu'il ne cessait de parcourir.

Ixtowu demeurait en face de lui, tendu, encore évanoui.

Un colosse qui devenait pour lui l'instrument dont il allait avoir besoin, afin de s'évader de sa personne, de sa fragile, de sa malheureuse petite personne ébranlée par les fatigues, par l'ambiance souveraine et dangereuse de la brume luminescente et tremblante, par les fantômes tour à tour menaçants et séduisants qui risquaient de l'asservir et de le perdre.

Il se campa, aussi droit qu'il le put, face au colosse étendu.

Il fixa alors le centre du front, là où se trouve cette mystérieuse glande pinéale bien connue des occultistes, vestige probable de quelque troisième œil, cet organe disparu qui a peut-être donné naissance à la légende des cyclopes.

Il se concentra sur le front d'Ixtowu. Et lui-même en vint à oublier qu'il le regardait naturellement avec ses deux yeux. Il se convainquit qu'il braquait sur le centre du front d'Ixtowu sa propre glande pinéale et qu'un échange s'établissait entre eux.

Coqdor resta ainsi un bon moment.

Tellement fasciné de sa propre fascination qu'il en avait totalement oublié ce qui n'était pas son but actuel et que partant aucun fantasme ne se manifestait plus, né spontanément des abysses de Phtar.

Le chevalier aux yeux verts sentit à un certaint point qu'il pénétrait dans le cerveau de l'homme de Haaki. Il fouillait sa personnalité, il la sondait, il s'installait dans sa pensée, il s'ingérait dans toute son anatomie.

Lentement, il se glissa en lui, dans ses viscères, dans ses organes les plus secrets, dans toutes les fibres nerveuses surtout, dans cette prodigieuse antenne ultra-sensible qui est l'armature psychique de l'homme.

Il devint Ixtowu. Il le chassa pratiquement de son corps.

Et le transfert s'opéra.

Ixtowu, sans s'en rendre compte, était propulsé dans le corps de Coqdor, alors que le Terrien s'emparait sans vergogne de son organisme.

Le chevalier de la Terre luttait terriblement. Il avait mis dans cette expérience toute sa puissance psychique. Il transpirait à grosses gouttes mais, au fur et à mesure qu'il s'incorporait à ce corps formidable, il se détendait, il se sentait infiniment plus à l'aise.

D'un dernier effort, il fut en Ixtowu.

Et Ixtowu fut en Coqdor, du moins dans ce qui était le corps charnel de Coqdor il ouvrit les yeux — les yeux de Coqdor — ce fut pour contempler vaguement un monde dont il ne savait plus rien, dont il ne comprenait plus rien.

Le Terrien, lui, se hâtait d'agir. C'est-à-dire de penser.

Parce qu'il savait que ce transfert ne pouvait durer très longtemps, que ce n'était qu'un état provisoire, terriblement fragile, et que, dès que Ixtowu aurait repris une certaine conscience, il risquait de s'ensuivre un effroyable embrouillage mental entre ces deux esprits ainsi transmutés.

Mais il avait atteint ce qu'il cherchait : à savoir disposer d'un organisme neuf pour lui, formidable dans son armature mais infiniment moins sensible et moins évolué que le sien propre. Ainsi, il ne subissait plus les tentations charnelles qui correspondaient à la nature et à la mémoire de celui qui avait été Bruno Coqdor sur la Terre et dans l'univers. Il était en quelque sorte un pur esprit auquel on avait confié un robot de chair dont il pouvait se servir à son gré.

Ce qu'il fit.

Animé par la pensée de Coqdor, le corps d'Ixtowu se leva, marcha vers le canot et s'évertua à remettre le mécanisme en route.

Cela sous les regards d'un Coqdor qui ne rayonnait plus comme à l'accoutumée, d'un Coqdor qui s'était levé, mais marchait lourdement, sans que rien en lui ne rappelât l'élégance, la démarche souple, féline et solide à la fois du chevalier de la Terre.

Ixtowu qui voulait parler mais n'y parvenait pas, Ixtowu qui se demandait qui il était, qui ne s'y retrouvait plus, se rendant vaguement compte qu'il se passait quelque chose d'anormal, sans parvenir à une analyse convenable.

Enfin, les réacteurs du moteur répondirent. Le canot vibra. Il était en bien piètre état, mais il pouvait fonctionner.

Alors Coqdor-Ixtowu saisit Ixtowu-Coqdor par le bras, le fit pénétrer dans le cockpit. L'autre se laissa faire, totalement déphasé.

Du moins, dans l'état où il était, ne diffusait-il pas, consciemment ou non, une pensée créatrice, et aucun spectre ne paraissait.

Un dernier effort et le canot démarra, quitta la corniche où il s'était en quelque sorte échoué et piqua de nouveau à travers la brume où flottaient les éternelles lueurs du sang d'Ondr'a.

Ixtowu-Coqdor ne savait sans doute même pas qu'on naviguait de nouveau, et surtout que cette navigation sur un esquif aussi endommagé, aussi fragile, devenait pour eux le dernier spasme de la dernière chance. A chaque minute — et cela Coqdor-Ixtowu, lui, le savait bien — ils risquaient d'être engloutis par cet océan de matière en sustentation.

Pourtant, ils franchirent ainsi plusieurs stades, Coqdor-Ixtowu s'étant efforcé de suivre approximativement la direction initiale, c'est-à-dire l'axe de l'immense caverne, afin de joindre aussi vite que possible l'opposé des prisons de Phtar.

Il allait au hasard ou presque, se fiant à la Providence.

Près de lui, il n'y avait qu'un Humain robotisé, un Humain qui avait ses traits, son corps et qui cependant n'était pas lui, provisoirement.

Une tension effroyable pour tenir en Ixtowu, pour interdire au légitime propriétaire de cet organisme de tenter d'y revenir. Il sentait bien que, instinctivement Ixtowu, au fur et à mesure que les instants passaient, cherchait sourdement à s'évader d'un corps qui n'était pas le sien, à redevenir l'homme normal, chair et esprit en symbiose, tel qu'il avait été créé.

Et puis des phares trouèrent la brume fantastique. Coqdor eut soudain l'impression qu'il ne gouvernait plus. Il crut qu'il allait sombrer, que le canot démantibulé allait se scinder en deux, et que ses débris tomberaient au fond du gouffre, avec les deux malheureux qu'il portait encore.

Mais non ! Il comprit que l'esquif était attiré, comme pris dans un étau inconnu.

De nouveau, un ébranlement violent. On touchait au rivage.

Coqdor cessa de lutter et redevint lui-même, tandis qu'Ixtowu, sans y avoir rien compris, se retrouvait intégral.

Le chevalier perdit connaissance un instant. Il sentit sur lui un contact doux, humide, un souffle bien connu lui balaya le visage.

On lui léchait le nez et cette étrange caresse le ramena à la réalité.

— Râx ! Oh !... mon beau Râx !

Près de lui, sur lui, le corps velu du monstre pstôr, et les grandes ailes membraneuses qui battaient en signe de joie.

Et il entendit une voix de femme, celle de Mhala :

— Vous avez réussi à franchir l'abîme... Mais nous avons une autre bataille à livrer !...

CHAPITRE XVI

La cité de Phtar était en liesse. C'était la grande fête annuelle des Ym-Phtars alors que le dieu Ondr'a atteignait le zénith absolu, que les familles patriciennes de la ville offraient qui un garçon, qui une fille, lesquels allaient prendre rang parmi le corps d'élite de l'armée, devenir les adversaires les plus farouches, les plus redoutables, des planètes rivales Igbad et Stohim'r et aussi de tous les forbans de terre, de mer et d'espace.

Vingt-six adolescents ainsi promus à ce haut rang.

Vingt-six enfants perdus à jamais pour leurs parents.

Parce que, après la cérémonie publique d'intronisation, ils seraient soumis au traitement mystérieux dont les prêtres gardaient le secret. Traitement qui avait pour effet, disait-on, de leur inoculer le sang d'Ondr'a, d'en faire des créatures d'exception, au magnétisme effrayant, susceptibles de venir à bout d'innombrables ennemis.

Mais aussi des jeunes gens stériles et immanquablement promis à une courte destinée, si brillante fût-elle.

Une foule immense déferlait vers la cité.

Les uns arriveraient dans des chars roulants qui filaient sur les chemins à des vitesses insensées. D'autres par la voie des airs, sur des jets aux performances prestigieuses. Quelques-uns n'avaient pas hésité à venir des satellites de la planète, sauf évidemment du quatrième, lequel se déclarait indépendant.

On chuchotait déjà que le dernier corps d'élite qui allait être formé en cette circonstance aurait justement pour mission de participer à une expédition chargée d'aller remettre les choses en ordre sur ce petit astre révolté.

Naturellement, un tel jour, après la cérémonie proprement dite, ne devait pas se dérouler sans de nombreuses attractions, festins, ballets, spectacles, mais également combats dans l'arène gigantesque de Phtar.

Et là, on attendait une joute spectaculaire, de nature exceptionnelle.

En effet, on avait ramené sur la planète un astronef étranger, lequel pensait-on avec juste raison, avait convoyé les espions désormais maintenus dans les prisons magnétiques.

Et l'équipage, c'est-à-dire un chef et dix hommes, devaient être contraint à se mesurer avec des jouteurs particulièrement nocifs. A savoir des robots, mais non pas de stupides machines. Des robots habités, selon un procédé mis au point par les savants de Phtar. Des androïdes dans lesquels un homme pouvait prendre place comme à l'intérieur d'une armure qui devenait en la circonstance un véritable cuirassé, une sorte d'hybridation entre l'humain et la mécanique, pratiquement invulnérable, et contre lequel il n'y avait guère de parade.

Un spectacle sanglant, immonde. Mais les dirigeants de Phtar, comme bien des potentats à travers le Cosmos, savaient flatter les plus bas instincts de ceux qu'ils gouvernaient.

Des milliers de Phtars avaient vu, dans le flamboiement de l'étoile tremblante, la montée des impétrants vers le temple.

Sous les tours formidables où oscillaient les six flambeaux électriques honorant Ondr'a, le pontife-roi et les prêtres avaient attendu le cortège.

La multitude en admiration saluait d'acclamations frénétiques les vingt-six, amenés au pied de l'escalier monumental accédant au sanctuaire par leurs plus proches parents.

A l'exception de Mhala, fille d'Ahkmeer, puisque le pontife-roi faisait partie de la horde sacrée qu'il présidait tout naturellement.

Mhala avait donc été conduite par un de ses oncles pour prendre place parmi le rang des treize jeunes filles.

Un signal, et c'était la montée.

Treize filles, treize garçons.

Ils étaient nus, à l'exception d'un pagne immaculé. On admirait la musculature encore gracile des garçons, les poitrines fermes, souvent menues des jeunes filles.

Tous et toutes étaient beaux, sains, minutieuseemnt choisis. Les familles s'honoraient d'un tel choix mais plus d'un père, plus d'une mère, refoulait son chagrin.

Leur fille, leur fils, appartiendraient désormais aux milices prétendues divines. Ils ne seraient plus absolument des êtres humains mais des organismes mystérieusement magnétisés, aux pouvoirs surprenants. Parfaitement stériles, ils allaient non vers la vie et vers l'hymen, mais vers la guerre et la mort, pour la plus grande gloire d'Ondr'a et le salut du peuple de Phtar.

Les vingt-six étant montés vers le sanctuaire.

Ahkmeer, debout, en costume étincelant, dominait et faisait l'admiration de tous. Il donnait l'exemple, offrant sa fille unique.

Domptant son émoi, il regardait venir, au long d'interminables degrés, la sixième fille de la théorie.

Mhala...

Mais était-ce bien Mhala ?

Nul n'en doutait, Sauf Ahkmeer lui-même. Et aussi Phycsimor. Phycsimor le mage, en réalité un technicien prestigieux, ami depuis toujours du pontife-roi, et qui avait accepté de mettre sa science au service d'un véritable sacrilège.

Jouant sur l'étonnante ressemblance entre sa propre fille et celle qui était venue de l'espace pour percer le secret de l'étoile tremblante, le monarque de Phtar avait conçu l'idée folle d'arracher Mhala à son sort.

Il avait interrogé secrètement la captive et lui avait offert la substitution. Si elle acceptait de prendre la place de Mhala, Tikla aurait l'assurance du salut de tous ses compagnons, aussi bien les deux captifs du souterrain que l'équipage de son vaisseau.

Il était anxieux. Accepterait-elle ?

Elle avait posé quelques questions précises relativement à ce qui l'attendait. Et elle avait accepté.

C'est alors que Phycsimor était entré en lice.

Dans son laboratoire, Ahkmeer avait mené Mhala et Tikla. Et le subtil physicien, par un système foudroyant d'ondes agissant sur les cellules, avait achevé le travail de la nature, utilisant le visage de Tikla fille de Wer'l pour lui donner définitivement l'apparence de Mhala, fille de Phtar.

Lorsque, après la fantastique traversée du grand fluide souterrain, Bruno Coqdor avait enfin atteint le rivage en compagnie d'Ixtowu, il avait été accueilli par Mhala, laquelle, aidée d'esclavages dévoués, utilisait un dispositif d'électro-aimants pour permettre au canot désemparé de franchir les derniers stades avant le salut.

Elle avait amené Râx, jusque-là considéré comme une curiosité. Tout s'était fort bien déroulé, Ahkmeer et sa fille étant très aimés, et ayant trouvé les complicités qu'ils souhaitaient pour mener à bien ce plan audacieux.

Et puis, brusquement, il y avait eu un écueil.
Ecueil provenant de Coqdor lui-même. Il s'était cabré en apprenant la vérité, et avait déclaré tout net qu'il ne voulait pas devoir sa libération au sacrifice de la courageuse Tikla.
Il prétendait la sauver à son tour, Ahmkeer, mis au courant, avait tremblé.
La moindre faille dans ce plan démentiel, et tout était perdu.
Il serait à jamais séparé de son enfant, pour qui il avait renié sa foi, son rôle sacré, en se prêtant à semblable mascarade. Et tous deux seraient déchus, condamnés, sans doute mis à mort.
Et puis tout était tellement trouble ! Akhmeer, aveuglé par son amour paternel, avait vu les événements se dérouler comme dans un rêve. Une chose également lui avait paru bien surprenante, c'était l'aisance avec laquelle Mhala avait accepté, elle aussi, de voir Tikla prendre sa place.
La fière, l'audacieuse Mhala. La fanatique qui considérait comme une diginité des plus hautes de se voir sacrifiée, stérilisée, transformée en un robot de chair destiné à périr dans les combats. Elle avait bien peu hésité après avoir été mise en présence des captifs, par le truchement du prisme. Et elle s'était rendue en grand secret avec son père pour se livrer aux manigances de Phycsimor, lequel avait copié ses traits pour les reporter sur le visage, si bien préparé à cet effet, de la fille extra-planétaire.
Maintenant, dans le décor grandiose du tem-

ple d'Ondr'a, Akhmeer mesurait sa folie, sa folle imprudence. Son sacrilège aussi !

Il avait renié son rang, sa race, ses charges, son dieu.

Ondr'a n'allait-il pas se venger ?

Le pontife-roi portait beau mais il avait le cœur horriblement serré et il n'osait guère lever les yeux vers l'étoile tremblante.

D'autre part, cela encore était tenu secret dans la cité, on avait promptement signalé l'évasion incompréhensible des deux hommes de l'espace. Le fait était tellement invraisemblable qu'on supposait d'immanquables complicités. Jusqu'alors, impossible de les retrouver. On supposait qu'ils avaient péri dans le sang d'Ondr'a, parce qu'ils s'étaient imprudemment lancés dans le grand fluide. Mais était-ce bien sûr ?

Cependant, après le sacrifice public dans le vaste temple, le peuple s'était retiré pour se ruer vers les festivités. Pendant ce temps, les vingt-six disparaissaient avec les prêtres. La mutation allait s'accomplir, mais dans le mystère.

Plusieurs heures s'étaient écoulées, mortelles pour Ahkmeer.

Mhala était en lieu sûr, ainsi que Coqdor et Ixtowu. Et même Râx qu'on avait rendu à son maître.

Tikla faisait partie du groupe des vingt-six. Tout devant s'accomplir dans le silence, hormis un serment qu'on lui avait fait apprendre par cœur, elle avait quelque chance de pouvoir tenir son rôle jusqu'au bout.

Le pontife-roi, au crépuscule, se tenait sur la terrasse de son palais, face au temple.

Il y avait un grand mouvement de foule. Maintenant tout était accompli, les jeunes gens voués à Ondr'a étaient devenus des Ym-Phtars et on attendait avec impatience leur sortie du temple.

Ils apparurent, entre les flambeaux des grandes étincelles et une clameur monta vers eux.

Maintenant, ils portaient tous un costume magnifique, une sorte d'armure teintée d'or, richement ornée de pierres précieuses. La tenue d'apparat des Ym-Phtars.

Ils descendirent lentement le grand escalier entre deux rangées de guerriers tandis que les dignitaires se tenaient encore en haut, sur le parvis.

Acclamés, ils se tenaient raides, à peine souriants. Désormais il était visible qu'ils n'étaient plus des Humains ordinaires. Tous les considéraient avec une sorte de respect un peu effrayé. Ils portaient Ondr'a en eux. Son sang coulait dans leurs veines et on les savait redoutables, boutoirs que la force de Phtar allait lancer contre ses ennemis quels qu'ils soient.

Ils passèrent à travers la foule enthousiaste en montrant des regards durs, conscients sans doute de leur haute et mortelle mission.

Akhmeer chercha la fausse Mhala des yeux. Oui, c'était bien elle mais il serait bien difficile de la distinguer de l'original.

Qu'allait-il se passer à présent ? Le pontife-roi, glacé, devait se rendre aux arènes, pour assister au spectacle comme il était de rite, un spectacle de cruauté qui ferait les délices des Phtars. Une séance sanglante où paraîtraient également les vingt-six nouveaux Ym-Phtars, parmi un groupe de leurs homologues, les anciens, dont il restait encore une centaine en dépit des ravages que les combats avaient faits dans leurs rangs.

Akhmeer, certes, paraissait singulier à son entourage. Mais aussi bien ses esclaves que les plus hauts dignitaires attribuèrent tout naturellement cette attitude au chagrin légitime qu'il devait refouler. Il n'avait d'autre enfant que Mhala. Et Mhala ne lui appartenait plus.

Qu'il soit monarque ou chef religieux, un père demeure père. Il avait donné le glorieux exemple d'offrir sa fille. Il avait bien le droit d'être quelque peu troublé.

D'ailleurs il ne parlait pas, ne se plaignait nullement ce qui eût été un véritable scandale. Il gardait une attitude hautaine qui ne faisait que masquer ses réelles préoccupations. Lesquelles étaient de taille.

Parce que Mhala, renonçant délibérément à la gloire d'être Ym-Phtar à la grande surprise de son père qui avait autant redouté son refus que celui de Tikla, s'évertuait à tout mettre en œuvre, avec quelques amis et esclaves, pour la fuite des extra-planétaires.

Parce que le pontife-roi était au courant de tout ou presque et que pris dans un étrange engrenage il avait maintenant conscience de trahir le monde dont il portait la couronne.

Encore ne lui avait-on pas tout dit, Mhala,

avec une dextérité surprenante, s'était chargée de tout organiser à partir du moment où Coqdor avait refusé de bénéficier du sacrifice de Tikla. Il comprenait mal son amie de Wer'l et d'un autre côté le jeu de Mhala lui échappait également.

Le chevalier de la Terre avait bien une idée vague, mais il se refusait encore à admettre que ce fût là la vérité.

L'arène de la cité était comble. Quatre-vingt mille Phtars s'y entassaient et, aux places d'honneur, on se montrait les Ym-Phtars, les armures d'or qui rutilaient sous la lumière tremblante. Et les hauts personnages, les femmes les plus belles et les plus élégantes. Et le pontife-roi.

Il y eut plusieurs combats. Des volontaires. Des sportifs enragés, qui n'hésitaient pas à lutter, soit à mains nues, soit avec des armures extravagantes. D'aucuns chevauchaient des bipèdes propres à la planète, sortes de grands oiseaux incapables de voler mais rappelant les coureurs terrestres. Des tournois avaient ainsi eu la faveur du public et s'étaient souvent terminés par des morts.

Puis on salua l'entrée de quatre Igbads, faits prisonniers au cours d'une rencontre spatiale avec la flotte de cette planète rivale.

Ils durent affronter des hommes-robots, avec les armes originaires de leur planète. Ils se battirent vaillamment, mais la lutte était trop inégale et ils finirent par périr les uns après les autres sous les coups des monstres de métal animés par des corps humains, ou sous les fulgurances qu'on leur lançait, jets de flamme crépitante qui relevaient, comme tout sur Phtar, du sang du dieu Ondr'a.

On enlevait les cadavres, on balayait la piste avec des rayons décapants.

Et puis il y eut une grande rumeur.

Dans la lumière tremblante sept hommes apparaissaient. Le capitaine Ftex, et ses cosmatelots. L'équipage des Haakiens qui avaient convoyé Coqdor, Tikla et Ixtowu. Ceux qui étaient venu de si loin pour dérober le sang d'Ondr'a.

Bravement, Ftex et les siens s'avancèrent.

Les hommes-robots, formidables, invulnérables, venaient à leur rencontre.

CHAPITRE XVII

Un grand frisson de curiosité passait sur la foule des Phtars. Les Humains du Cosmos sont toujours vivement intéressés quand ils ont affaire aux habitants de planètes autres que la leur. Ainsi, ils étaient toujours friands de voir ceux des mondes adverses, Igbads et Stohim'rs.

Cette fois, c'était bien plus passionnant encore. Les Haakiens...

Une planète situé dans un autre constellation. Des gens venus d'un univers qu'ils estimaient différents. Il y aurait dû aussi avoir une fille de Wer'l et un homme de la Terre, mais ils avaient mystérieusement disparu.

Le peuple phtar allait donc devoir se contenter de voir combattre — et périr, c'était inéluctable — le capitaine de l'astronef haakien et ses six cosmatelots.

Les sept faisaient bonne contenance.

Les Phtars détaillaient leurs musculatures imposantes et se divertissaient, les filles surtout, du décalage entre ces corps puissants et ces petites têtes qui semblaient bien drôles.

Ils portaient leurs tenues de bord, qu'on leur avait rendues pour les joutes sanglantes. De surcroît, on leur accordait, aux termes de la loi de Phtar, leur propre armement. Ils avaient donc avec eux des pistolets fulgurants, outre les armes blanches qu'on retrouve toujours chez tous les cosmonautes de l'univers.

Armes thermiques efficaces certes, mais de bien peu de valeur en face des terribles k'tarhs, dont bien sûr seraient munis leurs adversaires.

D'énormes micros servaient aux speakers pour annoncer les différents matches. Il fallait des voix masculines, les féminines étant réservées pour les postes de radio et de télé aux émissions infiniment plus aimables.

Le peuple de Phtar regardait ceux qui allaient mourir.

Parce que la défaite des sept cosmatelots ne faisait de doute pour personne. En tel cas, les foules sont généralement déçues s'il n'y a pas mort d'homme, au pluriel de préférence. Ce qui importait, ce qui excitait les spectateurs et les spectatrices, c'était de savoir comment ils allaient se comporter, jusqu'à quel point ils sauraient résister et faire bonne figure en face des effroyables robots.

Ftex, le capitaine haakien, ne se faisait pas d'illusions, pas plus que les six hommes engagés avec lui dans une pareille aventure. Certes, on leur avait bien dit que c'était une faveur que de combattre dans les arènes. En cas de victoire on leur assurait la liberté, le droit de remonter à bord de leur astronef et d'aller porter en leur planète patrie les compliments du monde de Phtar.

Mais ces courageux garçons de l'espace avaient compris que tout cela n'était qu'hypocrisie pure. On était venu les quérir dans des prisons électromagnétiques où ils croupissaient depuis leur arrestation, nus et désarmés. On leur avait généreusement rendu vêtements et équipement. Mais cela seulement pour aller se mesurer à des aversaires qu'on avait omis de leur préciser.

En dignes cosmatelots, ils étaient prêts à se battre, prêts à périr.

Le speaker, d'une voix géante, les annonça et le silence s'établit dans la vaste enceinte.

Il y avait, dans une loge d'honneur, un homme livide, qui s'efforçait de dissimuler son émoi. C'était Akhmeer, personnage suprême de la planète, à la fois chef politique et chef religieux.

Parce que Mhala lui avait glissé que le plan,

s'il réussissait, commencerait à se dérouler à partir de l'engagement des Haakiens. En effet, le but en étant l'évasion de Coqdor, de Tikla et d'Ixtowu, il était normal et indispensable que leurs cosmatelots puissent bénéficier de cette libération.

Mhala avait agi dans l'ombre, avec quelques complicités, Ahkmeer connaissait dans les grandes lignes ce qu'elle avait conçu. Il attendait, domptant difficilement sa nervosité, n'adressant la parole à son entourage que le moins possible.

Les Haakiens, au centre de l'arène, attendaient.

Ils étaient très droits, fulgurant en main. Ils regardaient de tous côtés, à la grande satisfaction du public, qui jouissait malproprement de ce désarroi.

Et l'adversaire parut.

Là seulement ils virent les androïdes, gigantesques robots, d'autant plus formidables qu'ils étaient fabriqués en conséquence pour contenir un homme qui les dirigeait individuellement. Les sept hommes voyaient avancer ces titans, ces corps lourds et disgracieux, façonnés de métal, hérissés d'antennes, braquant sur eux leurs yeux-lampes qui, comme toute lumière dans le monde de Phtar, clignotaient au sang d'Ondr'a.

Ahkmeer, crispé, avait posé une main sur le rebord de la loge. Instinctivement, il regardait, sans se laisser paraître trop anxieux, si quelque chose d'insolite n'apparaissait pas. Il connaissait sa fille, nature enthousiaste, subtilement intelligente, assez charmeuse pour avoir circonvenu divers personnages et les avoir convaincus de participer au complot.

Les robots marchaient sur les cosmatelots. L'un d'eux leva le bras. Il y eut un sifflement sec et l'homme tomba, agité d'un soubresaut véritablement tétanique.

La foule applaudit, en une immense rumeur de joie féroce.

Ftex et les autres avaient pâli. Si cela commençait ainsi...

Mais le Haakien se relevait. Il était contusionné, toutefois il ne paraissait pas blessé. Les pauvres gars n'y comprenaient rien mais tous les Phtars savaient bien de quoi s'était servi le robot. D'un k'tarh. Un k'tarh réglé avec minutie, de façon à ne pas tuer, simplement à faire mordre la poussière au malheureux adversaire qui ne possédait — et pour cause — aucune parade contre cette force inconnue de lui.

Tout de suite, Ftex et ses camarades comprirent. Comment résister à de pareils moyens guerriers ? Ils n'avaient plus qu'à mourir, aussi courageusement que possible et voilà tout !

Alors ils brandirent leurs pistolets thermiques et attaquèrent.

Un des robots, court-circuité, explosa littéralement.

Il y eut, dans l'arène, un bref instant de stupeur et une acclamation monta. Malgré tout, les Phtars étaient contents. Cela promettait d'être passionnant puisque ces gladiateurs d'un autre monde, bien que condamnés par avance, paraissaient décidés à se défendre vigoureusement.

Ce premier contact avait fait se regrouper les Haakiens et chose curieuse, deux des robots reculaient, faisant des gestes à l'intention de leurs congénères comme s'ils les invitaient à refluer avec eux, ce qui n'avait guère de sens.

Mais si la foule était déroutée, elle eut presque aussitôt l'occasion d'être intriguée par un fait tout à fait inhabituel.

La rumeur monta et on s'agita beaucoup sur les gradins en se montrant, dans le ciel où tremblait la lumière, une présence insolite.

La télé locale avait déjà montré la bête et Ahkmeer, l'apercevant comme les autres, se sentit froid au cœur.

Il ne douta pas que ce fût là le premier symptôme de l'intervention démentielle de Mhala et de ceux qu'elle avait entraînés avec elle, et aussi de ces extra-planétaires qui avaient amené tant de perturbation.

Il ne reconnaissait que trop l'animal qui volait au-dessus de la piste sanglante, semblant chercher, évoquant un oiseau de proie qui a repéré sa victime.

Des appels, des ordres contradictoires fusaient mais la voix du speaker, très vraisemblablement sur ordre des autorités responsables de l'organisation des jeux, criait à tous ceux qui portaient des armes de ne pas s'en servir, de ne pas tirer sur le monstre ailé.

Il fallait le prendre, ou plutôt le reprendre vivant. Car il avait disparu de la cage où on l'avait enfermé, tout aussi mystérieusement que son maître lequel avait réussi à s'enfuir des prisons, en dépit d'un mur cimenté du sang d'Ondr'a.

Car c'était Râx, le pstôr, le compagnon favori du Terrien Coqdor.

D'ailleurs, un sentiment de curiosité animait la foule. On avait beaucoup parlé de cette bête et la télé l'avait montrée (dans ces prismes qui servaient d'écran selon le procédé de Phtar). Beaucoup étaient ravis de le voir en chair et en os, et d'admirer ce vol étrange, d'un style parfaitement inconnu sur la planète.

Le dogue-chauve-souris tournoyait.

Au sol, parmi les combattants, il y avait un flottement certain.

Ftex et ses Haakiens se regardaient, les yeux brillants. Que se passait-il ? L'apparition de Râx, qu'ils connaissaient tous, indiquait que la face de la situation allait changer très rapidement et ils se tenaient prêts à toute éventualité, eux qui un instant plus tôt croyaient n'avoir plus qu'à mourir.

Chez les hommes-robots, c'était autre chose. Ils paraissaient se demander ce qu'il y avait lieu de faire pour l'excellente raison que la foule, versatile comme en tout point du Cosmos, se désintéressait brusquement du tournoi pour ne plus regarder que le monstre ailé dont la nature la fascinait.

Et un robot eut un tressaillement violent, explosa littéralement dans une gerbe de ces étincelles dont on disait sur Phtar qu'elles étaient les gouttes du sang du dieu électrique.

Deux autres eurent le même sort.

Cette fois, ce fut un bouleversement général. Un fait aussi aberrant, qui ne pouvait être attribué aux Haakiens, lesquels se tenaient en petit groupe à l'écart depuis la venue du pstôr, attirait malgré tout l'attention. On vit plusieurs des androïdes qui semblaient déboussolés, d'autant que par trois fois encore les titans de métal enfermant chacun un homme qui se croyait invulnérable furent victimes de surprenants courts-circuits, et non plus sous l'impulsion des pistolets thermiques de leurs adversaires extra-planétaires.

Les regards de la foule hésitaient, oscillaient de la piste où un drame se jouait au ciel où voltigeait le pstôr.

Il parut s'intéresser à la zone où étaient assis les Ym-Phtars, anciens et nouveaux récipiendaires, lesquels auraient volontiers attaqué le pstôr, mais donnaient comme toujours l'exemple de la discipline. Un ordre avait été donné et ils le respectaient.

Râx piqua soudain, s'abattit littéralement

sur une des filles nouvellement intronisées et l'enleva.

Sans effort apparent on vit son grand corps fauve qui montait, tandis que les ailes membraneuses battaient, permettant ce rapt ahurissant.

Cette fois nul ne tenterait de tirer, d'agir de façon quelconque, pour ne pas risquer de blesser celle qui était ainsi enlevée.

D'autant qu'il s'agissait de Mhala, fille du pontife-roi Akhmeer.

On voyait l'armure d'or qui reflétait les millions de points lumineux correspondant aux fanaux tremblotants illuminant l'arène. Et certains faisaient remarquer dans le tumulte général qu'elle ne se débattait même pas.

Des cris fusaient. La panique commençait à menacer. Dans l'arène, le massacre des robots continuait.

Soudain, l'un d'eux dut comprendre car il désigna de son bras articulé deux de ses homologues, deux qui se tenaient un peu en dehors du groupe et qui lui semblaient suspects.

Ensemble, les deux désignés tendirent le bras eux aussi et le délateur périt dans une gerbe de feu.

Des hurlements montaient. On accusait ces deux félons, ces traîtres, qui s'évertuaient à décimer le groupe des androïdes. Du coup, Ftex et ses hommes n'hésitaient plus à profiter de la situation et ouvraient le feu bravement sur ceux des robots qui se tenaient à leur portée et pour l'instant ne songeaient plus à les abattre.

Le speaker hurlait des ordres qui se perdaient et tous les Ym-Phtars s'étaient dressés, filles et garçons très droits dans les armures d'or. Ils attendaient une décision précise, le droit de se battre, d'user du pouvoir étrange qui leur avait été conféré.

Sans doute auraient-ils fini par bondir dans l'arène, pour en finir à la fois avec les Haakiens et les deux félons, sans un fait nouveau qui acheva de jeter le peuple de Phtar dans le désarroi le plus total.

Un signal sonore incroyablement puissant éclatait dans les micros.

Cent, mille voix criaient, réclamant le silence. On savait que cela indiquait une communication de la plus haute importance.

En effet, au bout de moins d'une minute, ils se turent tous.

Ils écoutèrent.

L'invraisemblable révélation.

D'une voix troublée, en phrases que l'émotion hachait, le speaker disait la terrible vérité.

On avait retrouvé, ligotés et neutralisés, deux guerriers, deux de ces gladiateurs spécialisés dans la conduite des robots habités et qui auraient dû normalement participer au tournoi.

Ils avaient dit que, assaillis traîtreusement, ils avaient vu les extra-planétaires, les deux évadés, prendre leur place dans les androïdes chargés d'aller combattre les Haakiens.

D'autre part, des soupçons planaient depuis un moment dans le collège des prêtres et parmi certains dignitaires. On avait déjà discrètement arrêté, interrogé, voire torturé quelques intimes d'Ahkmeer et de sa fille Mahla.

Et la vérité, l'effroyable vérité explosait.

Il y avait trahison. Sacrilège. Profanation insensée des lois de Phtar et du culte d'Ondr'a, imposture quant à l'acceptation d'un membre des Ym-Phtars.

Les coupables, les vrais coupables, les dirigeants les livraient à la honte publique car ils étaient si haut placés qu'ils n'en étaient que plus abominables.

C'étaient le pontife-roi lui-même, et Mhala, sa fille...

Mais profitant du désordre qui dégénérait en folie, en panique insensée, les extra-planétaires avaient disparu de l'arène.

Et des guerriers, et des Ym-Phtars, venaient pour arrêter Ahkmeer.

CHAPITRE XVIII

Sans l'inconcevable scandale qui éclata dans la cité de Phtar, il est certain que jamais Coqdor et ses compagnons Haakiens n'auraient pu réussir à s'évader.

Certes, ils avaient payé d'audace, soutenus, inspirés même par les subtiles manigances de la fille du pontife-roi.

Mhala avait tout préparé, comme elle avait tout prévu. Mais à partir du moment où Râx kidnappait proprement celle que tout un peuple prenait pour la fille d'Ahkmeer, où les hommes-robots commençaient à se massacrer entre eux, il paraissait difficile de maintenir plus longtemps cette avalanche d'impostures, surtout après la découverte des deux guerriers phtars neutralisés dont Coqdor et Ixtowu avaient pris la place dans les androïdes-gladiateurs.

Seulement la dernière nouvelle, plus terrible que tout, éclatait comme la foudre, cette foudre dont nul n'ignorait en cet univers qu'elle était la colère du dieu Ondr'a.

Et c'était justement cette colère que tous redoutaient en apprenant que toutes ces infâmies avaient pour auteurs le monarque politique et religieux ainsi que sa fille, cette Mhala qui s'était indignement dérobée à l'honneur insigne de prendre rang parmi les Ym-Phtars.

Certes, dans la confusion générale, dans la panique qui régnait, les indigènes de la planète ne comprenaient pas grand-chose, et surtout ils ignoraient que la jeune Ym-Phtar enlevée par le monstre ailé, dans son armure d'or et de pierreries, n'était qu'une pseudo-Mhala.

Cependant, ceux qui formaient l'entourage du pontife-roi et constituaient l'élément gouvernant de Phtar avaient eu vent de la trahison. Depuis quelques heures ils œuvraient dans l'ombre. Ahkmeer, dûment observé, semblait en effet bien mal à l'aise et l'évasion audacieuse des extra-planétaires avait ouvert la porte à bien des soupçons.

Ce fut dans un tel tumulte que ceux qu'on avait jetés dans l'arène purent profiter des événements.

Tout d'abord, Ftex et ses hommes comprenaient très vite qu'il y avait pour eux une aide inattendue dans ces deux robots qui foudroyaient de façon inconnue leurs propres congénères.

Ftex rallia son petit groupe et, disposant de leurs pistolets thermiques, ils ouvrirent le feu, à la fois pour se protéger et pour couvrir les deux dissidents en lesquels ils devinaient des alliés, sans être encore très sûrs de leur véritable identité.

En fait, s'emparant de ces cuirassés androïdes, Coqdor et le Haakien avaient également fait main basse sur leur armement, à savoir des k'tarhs, semblables à celui qui leur avait permis de franchir le mur ondionique de leur prison, sans préjudice d'avoir convenablement mitraillé les nefs des Phtars qui avaient un temps poursuivi leur canot à travers le grand fluide du sang d'Ondr'a.

Ainsi, alors que les robots commençaient à se divertir aux dépens des malheureux Haakiens, en se contentant au départ de les choquer sans les tuer avec les ondes des k'tarhs, le Terrien et le cosmopilote tiraient, eux, sur la fréquence maxima.

L'effet de surprise joua et sauva provisoirement les Haakiens.

Cela n'aurait pas duré longtemps sans la révélation qui jeta la perturbation la plus totale dans l'arène, même chez les Ym-Phtars. Seulement les Phtars qui hantaient les robots, déphasés eux aussi par un tel état de fait, ne se reprirent pas assez à temps pour en finir avec leurs débiles adversaires.

Les efforts conjugués des deux robots tenus par Coqdor et Ixtowu avec ceux de Ftex et des siens achevèrent de provoquer la débandade de la horde androïde.

Deux seulement réagirent avant de succomber. Leurs k'tarhs foudroyèrent Ftex et un de ses hommes.

Cependant, Coqdor et Ixtowu, selon un plan minutieusement réglé par Mhala, se débarrassaient des tenues robotiques, hélaient les cinq survivants de l'équipage, et se ruaient vers une issue, elle aussi indiquée par les soins de la fille d'Ahkmeer.

On ne songeait pas à les poursuivre. La foule était affolée, indignation et fureur chez les uns qui réclamaient la tête d'Ahkmeer et celle de Mhala, terreur et veulerie chez les autres redoutant la vengeance d'Ondr'a, le dieu de l'étoile tremblante ne pouvant manquer de frapper sans pitié un peuple dont le pontife-roi était le premier à bafouer son culte et ses lois sacrées.

Les Haakiens, suivant le chevalier de la Terre, s'engagèrent dans un couloir sombre, situé sous les arènes. C'était par là qu'on faisait venir les animaux de combat, si bien que la surveillance militaire y était généralement très faible, sinon nulle, Mhala avait spéculé là-dessus.

Ils bousculèrent quelques valets d'écurie, eurent à abattre un petit groupe de guerriers qui prétendaient leur demander des comptes et trouvèrent la voie libre.

Au-dehors, et au-dessus d'eux sur les gradins du cirque, c'était un grondement formidable, celui d'une foule délirante, déchirée entre la haine vengeresse et l'épouvante de voir le ciel s'embraser.

Mais Coqdor, qui avait longuement écouté les instructions de Mhala, savait où il allait. Il bénissait le maître du Cosmos. Lui aussi avait pu tout croire perdu. D'ailleurs, en se lançant dans cette folle tentative, il pensait ne pas avoir une chance sur mille de réussir. Et il y avait eu l'astuce des prêtres, dont la nature soupçonneuse avait déjoué le plan de Mhala ce qui finalement jouait en la faveur des évadés.

Maintenant, la multitude se dispersait autour des arènes, dans une confusion absolue. On hurlait, on pleurait, on piétinait les plus faibles. C'était une ruée, on ne savait pour où ni vraiment pourquoi. Les uns courant vers leurs demeures, les autres fuyant au contraire vers les portes de la cité pour éviter la foudre d'Ondr'a qui ne pouvait manquer de frapper. Les chars terrestres et les engins volants emmenaient des grappes humaines. Et tout était désordre.

Coqdor et les Haakiens avançaient comme ils pouvaient. Mais Mhala avait expliqué ce qu'il y avait lieu de faire.

Elle avait indiqué une maison très proche de l'arène. Bâtiment appartenant à son père, en propre. Au milieu de la populace qui ne les reconnaissait même pas en sa démence, ils purent atteindre sans trop de difficultés le lieu en question.

Quelqu'un leur ouvrit. Mhala.

Elle n'écouta pas les expressions de leur gratitude et les entraîna à l'intérieur, dans une sorte de patio.

Là, ils trouvèrent une grande plate-forme volante à moteur antigrav, moyen de transport très utilisé à Phtar.

Il y avait aussi, dans son armure d'or, Tikla qui leur tendait les bras, et aussi Râx, qui se jeta sur son maître, lui léchant le nez et l'étouffant à demi entre ses ailes.

— Vite !...

Mhala avait, au cours de ses explications, sommairement indiqué le système de direction à Ixtowu, spécialiste en ces matières. Elle les poussa tous sur la plate-forme :

— La boussole de bord est réglée. La plate-forme va monter et piquer droit sur l'astroport... Si vous arrivez à temps...

Elle eut un geste fataliste. En toute autre circonstance, elle eût dit quelque chose comme : « Qu'Ondr'a vous protège ! » Mais elle ne le pouvait plus. N'était-ce pas le dieu de Phtar lui-même qu'elle avait trahi ?

Coqdor, Tikla, les Haakiens s'écrièrent :

— Venez !... Fuyez avec nous !

La fille de Phtar leva sa belle tête, avec ce visage dont la réplique exacte se voyait maintenant en Tikla si bien que, face à face, on avait peine à les distinguer l'une de l'autre.

— Non !... Mon père est en danger. Je ne puis l'abandonner... Et puis, Ondr'a veut ses proies... S'il n'est pas apaisé par le châtiment des coupables, c'est le peuple tout entier de Phtar qui sera frappé !

Ils entendaient, tout autour de la demeure, les clameurs de la foule. La panique était à son comble, mais on distinguait vaguement des cris de haine, des voix qui réclamaient la mort du pontife-roi et de sa fille.

— Mhala, s'écria Coqdor, si vous restez, vous êtes perdue !... Inutilement en ce qui concerne votre père. Car lui...

Mhala ne dit rien et le regarda.

Et dans ce regard, un fluide inconnu passa. Coqdor se sentit frappé au cœur.

Il comprenait soudain, ce qu'il avait très vaguement soupçonné ; le véritable motif qui avait poussé Mhala à renier son rang d'Ym-Phtar, à trahir son propre univers et le dieu tutélaire, à sauver ces gens venus d'une autre planète.

Tikla les regardait d'un œil aigu. Elle aussi devait savoir, en cet instant.

Et peut-être, puisqu'elle était femme, avait-elle depuis un bon moment percé à jour les secrètes motivations de la fille de Phtar.

Ixtowu, lui, ne négligeait pas le sens des réalités.

— Coqdor !... Nous n'avons plus un instant à perdre !...

Coqdor hocha la tête. Le cosmopilote avait raison. Peut-être même était-il déjà trop tard pour joindre l'astroport. Et encore, là, pourrait-on retrouver l'astronef et s'en emparer ?

Il y eut une grande tristesse dans les yeux verts du chevalier de la Terre. Il s'inclina devant Mhala, sans mot dire.

Au moment où il prenait place sur la plate-forme, où l'attendaient Tikla, Râx, Ixtowu et les cinq derniers Haakiens, elle bondit vers lui, lui jeta les bras autour du cou.

Ce fut tellement rapide qu'ils en furent tous abasourdis.

A jamais, Coqdor devait garder sur les lèvres l'empreinte du premier et dernier baiser de la fille d'Ahkmeer.

Elle recula. Il lui fit un signe de la main. Ixtowu démarrait.

La plate-forme monta, très rapide, survola la maison et piqua tout droit, son orientation ayant été minutieusement réglée à l'avance par Mhala.

Ces engins étaient extrêmement stables, dotés de sièges confortables et, d'une telle position, on pouvait à loisir contempler le paysage.

Ils foncèrent ainsi au-dessus de la cité, qu'ils découvrirent à la fois dans sa splendeur et l'immense désarroi qui était celui de la population.

Ce n'était guère l'instant d'admirer. Cependant, dans la perpétuelle et hallucinante lumière frissonnante, ils apercevaient le majestueux palais qui était celui du malheureux Akhmeer, le fantastique temple d'Ondr'a avec les six tours supportant les six étincelles gigantesques, perpétuellement en action en honneur au dieu de l'étoile tremblante. Ils voyaient l'énorme bâtiment enfermant les arènes d'où ils avaient réussi à s'évader. Et les palais, les demeures de toutes dimensions, d'énormes buildings et des tours gigantesques, des pylônes titanesques, des minarets vertigineux.

Bien des édifices supportaient des étincelles installées là comme une protection céleste. Et la lumière ruisselait sur tout cela, combattant la nuit, cette nuit que la cité ignorait à peu près en raison des extraordinaires circuits électriques qui se nourrissaient du sang d'Ondr'a, d'Ondr'a omniprésent, dieu jaloux et impérieux qui donnait à la cité sa semence inépuisable.

Mais aussi dieu qui risquait de venger cruellement l'affront à lui infligé par le détenteur du pouvoir religieux et politique, avec la complicité d'une fille sacrilège qui avait renié le rang prestigieux des Ym-Phtars.

Le Terrien et les Haakiens étaient éblouis par les splendeurs de l'immense ville qui s'étendait très loin. Ils apercevaient au long des artères la foule qui grouillait, le fleuve incessant d'une humanité en folie, hurlante et paniquée, furieuse et révoltée. On voyait des femmes se jeter à genoux et tendre les bras vers le ciel, suppliant le dieu électrique de pardonner la faute impardonnable, tandis que des hommes refluaient vers le palais où ils pensaient trouver Ahkmeer et Mhala, réclamant à grands cris le supplice des profanateurs et de leurs complices.

A plusieurs reprises, les passagers de la plate-forme, horrifiés, aperçurent des malheureux qui, au comble de la terreur, se jetaient du haut des édifices, s'écrasant sur les chaussées. Ils distinguèrent également des incendies. Dans la frénésie générale, des accidents survenaient, les perturbations étaient multiples et il y avait eu des courts-circuits ce qui, dans une cité entièrement électrifiée, provoquait immanquablement des sinistres.

On y voyait comme en plein jour, mais ce qui affolait les extra-planétaires, c'était que la vision demeurait inlassablement dans ce tremblement impérieux. Et le Terrien, pas plus que les Haakiens, ne parvenait à s'accoutumer à une telle lumière, sans doute unique dans le

Cosmos, inconnue en dehors du monde d'Ondr'a.

Ixtowu cria :

— Attention !... Voilà l'astroport !

Parfaitement conditionnée, la plate-forme survolait déjà les bâtiments abritant la flotte aérospatiale de Phtar. Des engins volants et des astronefs étaient au sol. Il y avait heureusement assez peu de monde sur l'aire d'envol, la majorité de la population s'étant rendue dans la cité même pour les festivités. Seuls les hommes de service indispensables devaient assurer la permanence, ce qui favorisait les desseins des extra-planétaires.

Bruno Coqdor crispait la main sur le k'tarh qu'il n'avait pas lâché. Ixtowu en possédait un lui aussi et les cinq cosmonautes survivants gardaient des fulgurants dont ils savaient parfaitement se servir.

Tikla, Tikla qui était le reflet immuable de Mhala, demeurait silencieuse, lointaine. Dans son armure d'or, elle était une véritable Ym-Phtar. L'intronisation et, sans doute, le traitement mystérieux qu'elle avait subi dans la crypte secrète du temple avec les autres récipiendaires avaient dû accomplir en elle une métamorphose curieuse. Telle quelle, elle apparaissait vraiment comme une fille de Phtar dont elle avait pris la place et l'usurpation réussie lui donnait cette nature neuve, quelque peu inhumaine il fallait en convenir, propre à la caste sacrée des servants d'Ondr'a.

Ixtowu leur hurla encore de se préparer. La

plate-forme réagissait en douceur à sa direction. Il avait repéré leur astronef, gardé par un petit groupe de guerriers phtars. Il vint se poser le plus près possible du vaisseau spatial.

Promptement, tous sautèrent à terre et naturellement un officier phtar accourut à leur rencontre.

Il parut surpris de les voir. Il regardait Râx, surtout, Râx qui, dressé sur ses pattes griffues, ouvrait les ailes et montrait un mufle impressionnant.

Instinctivement l'homme porta la main à sa ceinture, pour dégainer un k'tarh.

Les arrivants allaient réagir mais Tikla s'avança.

L'officier salua. Il voyait une Ym-Phtar. Il reconnaissait, ou croyait reconnaître, la fille du pontife-roi.

Respectueusement il salua avant de dire :

— Hautaine ! Pardonnez-moi. Mais vous avez de singuliers compagnons ? Pouvez-vous m'expliquer...

— Il suffit ! coupa Tikla, avec une autorité sans réplique. Je suis ici avec ceux qui vous semblent si singuliers sur ordre du Sérénissime Ahkmeer, le plus haut zélateur d'Ondr'a... que sa bénédiction soit sur nous !

Visiblement, l'autre hésitait. Mais un guerrier accourait en criant :

— Alerte !... Trahison !... Il faut arrêter ces gens. Ce sont...

Il mordit la poussière, après un soubresaut

de grenouille voltaïsée. Coquor venait de lui envoyer un jet de k'tarh, l'ayant soigneusement réglé pour ne pas le tuer, mais seulement l'étourdir.

L'officier jetait autour de lui des regards effarés. Mais il avait tiré lui aussi son k'tarh. Il n'eut pas le temps de s'en servir. Tikla et Coqdor le voyaient déjà à leurs pieds, sans connaissance.

Ixtowu, de son formidable poing, venait de l'envoyer pour un moment au royaume des songes.

Le grand Haakien les entraînait tous vers l'astronef. Et des guerriers, ne comprenant pas grand-chose, faisaient mine de résister. Les fulgurants entrèrent en action, ainsi que les k'tarhs. En un instant le terrain fut libre.

Les évadés se précipitèrent mais, alors qu'ils allaient pénétrer dans le cockpit de leur navire, Tikla les héla :

— Regardez tous !

Elle montrait un grand prisme dressé près des hangars. Un de ces énormes cristaux qui servaient, sur Phtar, d'écrans de télévision et qui, alimentés par le sang d'Ondr'a, retransmettaient images et sons à distance.

Un instant, si précieux fût-il, ils demeurèrent comme fascinés.

Les Phtars de service avaient mis le poste en route et au moment de leur intrusion regardaient, en direct, ce qui se passait dans la cité proche.

Un speaker commentait, d'une voix bouleversée, rappelant la trahison, la forfaiture d'Ahkmeer et de Mhala, et les complicités de Phycsimor et de quelques autres qui avaient déjà été arrêtés. On parlait aussi de l'évasion audacieuse des extra-planétaires, ces espions sacrilèges, et les caméras se promenaient au-dessus de la foule furieuse vers le temple du dieu de l'étoile tremblante.

Un traveling avant figea sur place Coqdor, Tikla et les Haakiens.

Les prêtres haranguaient le peuple. Les dignitaires s'agitaient, les Ym-Phtars hiératiques, menaçants, s'étageaient sur les degrés.

Et au centre, entre tous ces brillants personnages, des gardes bousculaient deux prisonniers, un homme et une jeune fille, lui en costume éblouissant mais lacéré, elle en l'armure d'or des Ym-Phtars. Ils reconnurent Ahkmeer et sa fille Mhala.

Echevelée, la jeune fille se cramponnait à son père. Le pontife-roi, les yeux hagards, avait été découronné et sa tenue d'apparat était déchirée, souillée. Il saignait du front, portait de nombreuses traces de coups. Mhala, Mhala hallucinante à contempler pour ceux qui avaient près d'eux Tikla — son double — était elle aussi victime des sévices d'une populace irritée.

Du moins demeuraient-ils étroitement enlacés au centre de cette effroyable tempête qui déferlait sur eux. Par leur faute ! Lui parce qu'il avait voulu garder sa fille, elle parce qu'elle avait aimé du premier regard celui qui était venu des mondes lointains, le chevalier aux yeux verts pour lequel elle avait consenti à trahir, à monter cet effarant complot.

Un grand prêtre, auquel on tendait un micro, annonçait au peuple de Phtar qu'une cérémonie expiatoire aurait lieu dès le lendemain dans le temple, cérémonie qui serait radiodiffusée, télévisée, et que tous les prismes du monde d'Ondr'a pourraient montrer.

Au cours de cette fête sanglante à implorer le pardon de la divinité, Ahkmeer et Mhala seraient immolés, en un supplice rituel, dans le sang d'Ondr'a.

A peine le sectateur du temple avait-il prononcé ces mots que la voix du monarque déchu éclata :

— Fou que tu es ! Et vous tous... brutes ! Soyez tous maudits avec vos sottes superstitions !... S'il est un dieu, qu'il nous pardonne et nous unisse à jamais, ma fille chérie et moi !

Avant que quiconque ait pu faire un geste, Ahkmeer avait tiré de sous ses vêtements profanés un objet que les évadés reconnurent aussitôt : un k'tarh.

Mais le pontife-roi devait savoir parfaitement l'utiliser. Et ce fut son geste suprême.

Il l'éleva et une lueur violette, éblouissante, trembla une fraction de seconde.

Et il n'y eut plus, sur les degrés du temple, que quatre corps noircis, instantanément foudroyés : ceux d'Ahkmeer lui-même, de Mhala, et des deux gardes qui les étreignaient encore.

Bruno Coqdor s'arracha à la contemplation.

— A l'astronef !...

Ils se ruèrent tous dans le navire spatial. Un instant après, Ixtowu, dont les compétences pouvaient heureusement suppléer à la carence du malheureux Ftex, lançait l'appareil vers le zénith au moment où des plates-formes volantes piquaient vers l'astroport, amenant des groupes de guerriers et d'Ym-Phtars précipités à la poursuite des évadés.

Trois astronefs quittèrent bientôt le sol pour traquer les fugitifs.

Mais, à courte distance de la planète, et sans préjudice des grands risques qu'il prenait, Ixtowu venait de faire basculer son vaisseau dans le subespace.

CHAPITRE XIX

La flotte spatiale de Haaki fonçait à travers le grand vide.

Des quatre planètes civilisées du système, les vaisseaux avaient été mobilisés pour la grande alerte.

Nul ne se faisait guère d'illusion, aussi bien parmi les autorités que dans le public. Certes, la propagande avait diffusé des communiqués qui se voulaient rassurants, des slogans enthousiastes affirmaient la victoire prochaine des vaillants cosmonautes de la fédération interplanétaire de Haaki. Et surtout on évoquait les fantastiques moyens stratégiques mis au point par les bureaux d'études, les laboratoires, les usines, tout ce qu'il fallait pour venir à bout de cet ennemi jusque-là ignoré, de ce phénomène effrayant qui surgissait inopinément en un point quelconque de l'immensité.

Parce que, une fois de plus, on venait de signaler un macro-microbe.

Etait-ce celui qui, aux abords du système de Haaki, avait attaqué, dévitalisé et fossilisé l'astronef venant de Wer'l ?

Le même, peut-être, détruisant le vaisseau haakien dont Coqdor et ses compagnons avaient pu sauver une partie de l'équipage, au retour d'Haaki VII ?

De toute façon, on ne savait rien des mystérieuses bactéries géantes ; on ne comprenait pas grand-chose à leur comportement, parfaitement fantaisiste. Mais les caprices de ces titans voraces faisaient peser, non seulement sur les planètes de Haaki mais sur le monde entier une redoutable épée de Damoclès.

Quoi qu'on ait fait pour minimiser le péril, voire pour étouffer l'affaire, les peuples s'étaient affolés. La terreur régnait. Jamais sans doute à travers le temps, l'univers n'avait connu semblable danger, du moins dans l'ensemble des astres où existait la race humaine.

Les radios interastres, la sidérotélévision, avaient diffusé depuis quelques mois des communiqués assez alarmants concernant les sinistres exploits de ces monstres de nature ignorée, jaillis de l'espace comme s'ils se formaient par génération spontanée, et dont on disait qu'ils étaient les éléments d'une maladie gigantesque affligeant le Cosmos, telles des bactéries qui perturbent l'organisme d'un être en créant un climat de fébrilité.

Une fièvre à l'échelon cosmique ! Oui, c'était bien cela. Ce qui manquait, ajoutaient certains esprits avisés, c'étaient justement les leucocytes capables de juguler le danger en s'en prenant aux épouvantables parasites.

On savait que les moyens jusque-là mis en œuvre s'étaient révélés inexistants. Il n'avait pas encore été possible de neutraliser un assaut des macro-microbes. Et dans les diverses constellations où leur présence avait été signalée, on ne pouvait que déplorer les désastres provoqués par leur intrusion. Des planètes ravagées, des mondes dévitalisés, sans compter la fossilisation fréquemment remarquée après le passage de ces sphères infernales.

Bravement, avec la certitude d'aller au-devant de la mort, les armées spatiales de Haaki s'étaient formées en une armada à l'organisation impeccable pour foncer au-devant de la « bactérie », du « microbe » comme on le disait encore, ce globe épouvantable qui, présentement, évoluait entre les orbites des diverses planètes constituant le système.

Sur les mondes eux-mêmes, la situation générale était catastrophique. Il y avait bien peu de gens optimistes. Quelques indifférents, mais en majorité une population atterrée par l'annonce du danger. Rien ne se produirait peut-être, mais d'ores et déjà la panique régnait un peu partout.

Le monstre fut signalé, aux dernières nouvelles, au grand large d'Haaki III.

A vitesse quasi luminique, les astronefs de ligne foncèrent dans cette direction, prêts à engager le combat, un combat que tous, ou presque estimaient désespéré.

L'amiral, entouré de son état-major, se tenait à bord d'un croiseur particulièrement équipé pour les grands engagements intersidéraux et qui avait fait ses preuves lors des derniers conflits lesquels avaient abouti à la pacification du système.

En bon cosmatelot il était prêt à donner l'exemple et ses officiers se réglaient sur lui. Et jusqu'au dernier de leurs hommes, jusqu'aux cosmousses, les Haakiens acceptaient de périr avec honneur, face à un phénomène cosmique qui dépassait les possibilités de l'humain.

Un message parvint à l'amiral.

Stupéfait, il apprit qu'un petit astronef, non de ligne mais de croisière, venait d'émerger du subespace et se joignait, sans en avoir reçu l'ordre, à l'ensemble de la flotte.

Le chef suprême des forces haakiennes fit

demander à cet intrus ce qu'il faisait là sans autorisation et lui enjoignit de rallier sans retard Haaki III, soit la plus proche panète.

Comme tout bon militaire, il détestait les civils ou réputés tels, qui viennent se mêler de stratégie et de tactique.

Naturellement, le message expédié à ce trublion était d'un ton comminatoire. On exigeait une réponse immédiate, des explications, sans préjudice de « vider les lieux » si cette expression pouvait avoir un sens dans l'immensité intersidérale.

Cependant l'amiral ne s'attarda guère sur cet incident. Les canots spatiaux qui servaient d'éclaireurs, les cosmavisos évoluant aux ailes de l'armada, annonçaient tous à la fois l'apparition de l'ennemi.

La flotte occupait dans le grand vide un très vaste espace, eu égard aux allures vertigineuses des astronefs qui devaient se tenir mutuellement à distance. Mais dans cet ensemble, fort de plus de cent mille hommes, un grand frisson passa.

Tous allaient affronter le macro-microbe. Tous croyaient à une fin glorieuse, mais à une fin tout de même.

Et puis, une fois la flotte détruite, le vampire, qui aurait peut-être ensuite des compagnons, s'abattrait sur les planètes de Haaki pour les dévorer à son aise.

Cent mille cœurs battaient. Le macro-microbe commençait à être visible sur les écrans de sidérotélé. Bientôt on le verrait à l'œil nu. Et ce serait l'engagement, la ruée désespérée de toute une flotte.

L'amiral ne le sut qu'un peu après. Les éclaireurs furent les premiers témoins de l'ahurissante intervention.

Au mépris de tous les règlements, un petit astronef piquait en avant des formations de l'armada.

Et, à la surprise de tous, on vit ce malheureux petit vaisseau spatial qui se précipitait au-devant du titan dévorant.

A bord, les rescapés du monde lointain d'Ondr'a tentaient l'impossible. C'était Tikla, maintenant, qui menait tout. Et Bruno Coqdor, subjugué, acceptait. Ixtowu, retrouvant son univers natal au moment où passait le frisson d'horreur consécutif à l'apparition du macro-microbe, était prêt à consentir, lui aussi. Tout comme les cinq cosmatelots rescapés de la pénible aventure.

Très droite dans son armure d'or, si souple et si seyante qu'elle mettait en valeur son corps juvénile, Tikla se préparait à la grande tentative.

Bruno Coqdor l'écoutait. Des paroles étranges, impressionnantes. Et il ne pouvait se détacher de ce visage qui était désormais celui de Mhala, Mhala disparue par le geste suprême et quelque peu mélodramatique du pontiferoi déchu.

Tikla parlait.

Elle disait le mystère du temple de l'étoile

tremblante. Comment, après les rites spectaculaires destinés à la foule, les prêtres s'étaient mués en techniciens, en subtils physiciens, en électroniciens et plus exactement en bioélectroniciens.

Tout s'était passé en silence, heureusement pour Tikla qui ignorait la langue de Phtar et ne disposait pas comme Mhala d'un transmetteur de pensées capable de traduction spontanée.

Comme tous les nouveaux Ym-Phtars, elle avait été soumise à diverses expériences, à un traitement assez long, épuisant sinon douloureux. Des courants, de ces courants électriques réputés être les éléments du sang d'On-dr'a avaient parcouru intimement les corps des vingt-six jeunes gens. Longuement, on les avait exposés à des radiations, on avait branché aux points les plus délicats de leur système nerveux des électrodes qui leur avaient en quelque sorte « insufflé » un potentiel fluidique exceptionnel.

Elle avait ressenti les effets d'un tel traitement en constatant rapidement une force musculaire décuplée, parallèlement à une souplesse générale du corps qui lui promettait des performances encore inégalées.

Mais, par-dessus tout, elle avait, comme ses compagnons, été invitée à des essais de lévitation, à des exercices de saut, de lancement du poids, voire d'haltérophilie. Et elle avait été effrayée de se découvrir bien autre chose qu'une femme.

Maintenant, sa physiologie était en mutation accélérée. Dix fois, cent fois plus forte, plus souple, elle avait également constaté l'inconcevable résultat majeur de l'intronisation au rang d'Ym-Phtar : le prodigieux métabolisme qui permettait une suprématie exceptionnelle dans les combats.

A volonté, les Ym-Phtars diffusaient une sorte d'aura qui, à leur gré, annihilait les forces de l'adversaire, provoquait des troubles physiologiques, étourdissait ou tuait.

Ainsi formait-on ce corps d'élite, mais la rançon de ce haut rang était la neutralisation des fonctions génitales, ce qui entraînait une mutation psychologique, bien visible dans le comportement extérieur des Ym-Phtars.

— Coqdor !... Je vais tenter l'impossible... Je veux, tu le sais, venger Hondorôô !... J'aurais voulu exterminer la race des Torsadés, qui l'ont torturé et tué, mais je sais qu'avant tout il faut en finir avec les sphères géantes, avec ces bactéries cosmiques qui sont à l'origine de sa mort... Je l'aimais !... Oui, tu es surpris, toi, le charmeur, le séducteur... Hondorôô n'était pas un bel athlète de ton style... Mais c'était celui que j'aimais, voilà tout...

Le chevalier de la Terre écoutait, silencieux. Tikla reprenait :

— Avant de mourir, il m'avait confié ce qu'il avait cru comprendre : à savoir que le fluide électrique était une protection contre les macro-microbes. Et il m'a enjoint d'aller jusqu'à Phtar, de percer le secret de l'étoile tremblante. Là, à son sens, était le salut, la parade contre les globes dévorants. Il connaissait cela, relativement, par les récits des cosmonautes. Et il était sûr d'une chose : que le monde d'Ondr'a de par sa nature n'avait rien à craindre des bactéries. Alors j'étais prête à tout pour déchiffrer l'énigme, pour dérober aux Phtars le sang de leur dieu... Nous ne savions guère, ni Ixtowu, ni toi, ni moi, comment nous y prendre... Et l'aventure de Mhala, que son père voulait arracher au collège des Ym-Phtars, est survenue à point pour favoriser nos desseins... Désormais, je suis une Ym-Phtar. Et peut-être vais-je pouvoir purger le monde d'Haaki du vampire qui le désole...

Coqdor estimait que la tentative de Tikla était folie. Mais il ne se reconnaissait aucunement le droit de s'y opposer.

Quant à Ixtowu, il ne songeait qu'au salut d'Haaki, de son monde natal. Et puisque la fille de Wer'l s'offrait pour attaquer le monstre, il ne pouvait qu'être d'accord.

Tous les écrans de la flotte spatiale reflétèrent bientôt l'invraisemblable chose.

Partant du petit astronef audacieux qui osait précéder les vaisseaux de ligne, on distinguait un point lancé dans l'espace, un point qui piquait droit sur la sphère géante, sur le démon spatial qui semblait avancer en direction d'Haaki III.

Le réglage des viseurs permit bientôt à l'amiral et à tous ses subordonnés de reconnaître qu'il s'agissait d'un Humain isolé, évoluant dans un scaphandre à réaction, à direction autonome.

Un fou, sans doute, qui se ruait contre un globe gros comme un astéroïde. C'était aux yeux de tous un véritable suicide, d'ailleurs dérisoire et parfaitement inutile.

Coqdor lui aussi assitait à l'exploit démentiel de Tikla, le front à un hublot de son navire, flattant machinalement l'échine de Râx qui, heureux de se sentir contre son maître, ronronnait avec plénitude.

Il vit, comme tous les autres, le fou spatial qui fonçait vers la bactérie, qui s'y perdait.

Pendant un instant, il n'y eut plus rien. Ce myrmidon paraissait avoir été absorbé par le colosse globoïde.

Coqdor, le cœur dans un étau, se demandait déjà si le pouvoir des Ym-Phtars n'était pas illusoire lorsqu'il vit naître, dans la masse du macro-microbe, une traînée violette, fulgurante, incontestablement d'origine électrique.

Comme si la foudre se manifestait à l'intérieur du globe, de ce globe que, jusqu'alors, aucun projectile n'avait pu disloquer ni paraître seulement entamer.

Sans doute en cet instant les hommes de la flotte spatiale haakienne étaient-ils eux aussi bien étonnés de ce qu'ils découvraient. Mais le Terrien, Ixtowu et ses cosmatelots savaient que c'était là Tikla.

Tikla qui avait renoncé à être une femme. Tikla qui voulait venger Hondorôô. Tikla qui tentait de détruire au moins un des monstres désolant le cosmos.

Le trait de feu s'étendait, s'étendait.

Puis il sembla que d'autres éclairs faisaient leur apparition. En cercles, en spirales, en arabesques, en zigzags. Et les observateurs pouvaient suivre ainsi les évolutions de l'audacieuse créature, de Tikla Ym-Phtar, de Tikla-Mhala, de la fille en armure d'or enfermée dans son scaphandre et qui, précipitée au sein même de l'ennemi géant, le déchirait en émettant une fois pour toutes la formidable réserve énergétique qu'elle avait accumulée en recevant le sang d'Ondr'a.

Maintenant, le globe jusque-là toujours observé immuable parut perturbé. Il se déforma ; il évoqua un énorme ballon percé qui commençait à se dégonfler. Des soubresauts l'agitèrent et Coqdor savait que l'entité — bête ou seulement élément cosmique — souffrait du pygmée qui déchirait ses entrailles.

On vit, pendant un moment encore, se créer des vaisseaux fulgurants à travers l'énorme globe, qui perdait petit à petit sa perfection de sphère. Maintenant, de véritables convulsions ébranlaient la gigantesque masse et instinctivement les observateurs comprenaient que le macro-microbe était frappé à mort, qu'il allait périr, qu'il ne menacerait plus aucun astronef ni aucune planète.

Coqdor ne voyait certes plus Tikla mais la multiplication des jets fulgurants lui montrait le tracé de son infernale randonnée, de cette danse de mort qu'elle exécutait, héroïque et désespérée, crevant à jamais le vampire du ciel.

Tout à coup, l'espace s'illumina. Le monstre parut s'embraser, un feu inconnu naissant en son centre, s'étendant spontanément dans cette chose dont on devait à jamais ignorer la nature.

Et, sous les regards des cent mille cosmatelots de la flotte, et aussi de Coqdor et de ses compagnons, un soleil mortel s'alluma un instant, blessa violemment les regards d'une lumière étincelante comme il n'y en avait jamais eu, sinon à la naissance d'un nouvel astre.

Seulement aucune étoile ne naquit de ce cataclysme. Il n'y eut plus, errant à travers l'espace, qu'une sorte de grand spectre effiloché, une masse nébuleuse qui commença à se diluer lentement, morne épave destinée à se perdre dans les gouffres vertigineux qui n'ont pas de fin.

***

A bord du petit astronef que pilotait Ixtowu, Bruno Coqdor revenait mélancoliquement vers la planète Haaki-Centre.

Après la destruction de la bactérie dans des conditions encore assez mal expliquées pour les Haakiens, l'amiral avait fait envoyer quelques bordées de feu thermique, quelques projectiles atomiques, pour le principe, afin qu'il ne puisse pas être dit que ce n'était pas sa formation qui en avait terminé avec ce gigantesque péril.

Ixtowu s'était nommé, avait rendu compte de la mission, de la disparition de Ftex et d'un cosmatelot. Et on expliquerait ensuite ce qu'il était advenu de la passagère envoyée vers Phtar, cette fille venue du monde de Wer'l.

Le chevalier de la Terre, de son côté, aurait à narrer ce qui lui était arrivé depuis son départ de la base de Haaki VII. Mais, présentement, il était assez loin d'Haaki en pensée.

Il contemplait l'immensité, rêvant, comme cela lui arrivait souvent au cours de ses voyages interplanétaires.

Il savait, lui, la vérité sur le dernier combat de Tikla. Et comment, en un déchaînement furieux de la force immense suscitée par le sang d'Ondr'a, la fille en armure d'or devenue une Ym-Phtar, c'est-à-dire plus un robot qu'une femme, et plus une étincelle titanesque qu'un robot, avait donné toute sa puissance, tout son métabolisme en réalisant une grandiose et mortelle symbiose avec le macro-microbe, invulnérable sans doute aux assauts extérieurs, mais miné, rongé, et finalement totalement embrasé par ce minuscule ennemi intérieur.

Tikla comme l'eût fait n'importe quel héros de la caste des Ym-Phtars, avait détruit le monstre en s'autodétruisant, offrant sa vie plus pour venger l'homme qu'elle avait aimé que pour préserver les planètes de Haaki.

Un peu plus tard, Coqdor regagnerait la Terre, sa planète patrie, en compagnie du beau Râx. Il retrouverait Evdokia, la douce et forte, la tendre, l'apaisante. Celle à qui il pouvait tout dire.

Et il lui dirait qu'il n'oublierait jamais un visage. Un visage mystérieusement devenu unique alors qu'il appartenait à deux femmes, la dualité troublante de Mhala-Tikla qui avait traversé son existence avec, en majestueuse toile de fond, les mortels horizons des zones les plus dangereuses de l'infini.

FIN

DÉJA PARUS DANS LA MÊME COLLECTION

795. *Le sursis d'Hypnos.* Piet Legay
796. *Les métamorphosés de Spalla.* M.-A. Rayjean
797. *La cité au bout de l'espace.* Pierre Suragne
798. *Commando HC-9.* K.-H. Scheer
799. *Les couloirs de translation.* Peter Randa
800. *L'œuf d'antimatière.* Robert Clauzel
801. *Les robots de Xaar.* Gabriel Jan
802. *Les légions de Bartzouk.* Jimmy Guieu
803. *La tour des nuages.* Maurice Limat
804. *La mort des dieux.* Daniel Piret
805. *Au-delà des trouées noires.* Dan Dastier
806. *Le temps des autres.* Chris Burger
807. *Les neuf dieux de l'espace.* F. Dartal
808. *Les esclaves de Thô.* Jan de Fast
809. *Cette machine est folle.* Richard-Bessière
810. *L'arche des aïeux.* K.-H. Scheer et Clark Darlton
811. *Dal'Nim.* J. et D. Le May
812. *La courte éternité d'Hervé Girard.* Georges Murcie
813. *L'île des Bahalim.* Daniel Piret
814. *Opération Epsilon.* J.-P. Garen
815. *Le piège de lumière.* M.-A. Rayjean
816. *L'élément 120.* K.-H. Scheer
817. *Un monde de chiens.* Jean Mazarin
818. *Les ratés.* Gilles Thomas
819. *Le cycle des Algoans.* Peter Randa
820. *Nuit d'émeute.* Paul Béra

VIENT DE PARAITRE :

K.-H. Scheer et Clark Darlton
ALERTE AUX ANTIS

A PARAITRE :

K.-H. Scheer
L'AFFAIRE PEGASUS

ACHEVÉ D'IMPRIMER
SUR LES PRESSES
DE L'IMPRIMERIE FOUCAULT
126, AVENUE DE FONTAINEBLEAU
94270 - LE KREMLIN-BICÊTRE

DÉPOT LÉGAL : 4e TRIMESTRE 1977

IMPRIMÉ EN FRANCE

PUBLICATION MENSUELLE